新訳　お気に召すまま

シェイクスピア

河合祥一郎＝訳

角川文庫
21126

As You Like It
by William Shakespeare

From
Mr. William Shakespeare's Comedies, Histories, & Tragedies
Published in London, 1623

Translated by Dr. Shoichiro Kawai
Published in Japan by
KADOKAWA CORPORATION

目次

凡例

・本作品にはクォート版がないため、一六二三年出版のフォーリオ版（Fと表記する）を底本（原典）とした。

・表記や解釈に問題のある箇所については、以下の諸版を参照した。

Juliet Dusinberre, ed., *As You Like It*, The Arden Shakespeare, Third Series（London: Thomson Learning, 2006）.

Michael Hattaway, ed., *As You Like It*, The New Cambridge Shakespeare（Cambridge: Cambridge University Press, 2000）.

Alan Brissenden, ed., *As You Like It*, The Oxford Shakespeare（Oxford: Oxford University Press, 1993）.

Agnes M. C. Latham, ed., *As You Like It*, The Arden Shakespeare, Second Series（London: Methuen, 1975）.

H. J. Oliver, ed., *As You Like It*, New Penguin Shakespeare（Harmondsworth: Penguin Books, 1968）.

・〔　〕で示した箇所は、原典にない語句を補ったところである。

新訳　お気に召すまま

〔登場人物

公爵兄　ファーディナンド　追放の身
ロザリンド　その娘
フレデリック公爵　ファーディナンドの弟
シーリア　その娘
ジェイクィズ　ファーディナンドに従う憂鬱《ゆううつ》な紳士
エイミアンズ　ファーディナンドに従う貴族
タッチストーン　公爵家の道化
オーランドー　サー・ローラン・ドゥ・ボワの末子
オリヴァー　サー・ローラン・ドゥ・ボワの長男
ジャック・ドゥ・ボワ　ドゥ・ボワ家の次男
サー・オリヴァー・マーテクスト　田舎の牧師

その他、貴族、小姓、森番、従者たち

場面　フランス、公爵の宮廷とアーデンの森〕

チャールズ　レスラー
ル・ボー　宮廷人
コリン　羊飼い
シルヴィアス　羊飼い
フィービー　女羊飼い
オードリー　田舎娘
ウィリアム　田舎の若者
アダム　ドゥ・ボワ家の召し使い
デニス　オリヴァーの召し使い
ヒュメナイオス　婚姻の神

第一幕　第一場

オーランドーとアダム登場。

オーランドー　忘れちゃいない、アダム、僕に遺《のこ》された遺産はたったの一千クラウン。そしておまえが言うとおり、父は遺言で、一番上の兄を祝福して僕の養育を任せた。そこから始まるんだ、僕の不幸は。二番目の兄ジャックは大学に行かせてもらい、素晴らしい成果をあげているっていうのに、この僕は、どこにも行けずに田舎育ち。いや、育っちゃいない。養育も受けずに、家にただ置かれているだけだ。だって、これが養育と言えるか。紳士の生まれのこの僕を、まるで牛でも飼うように。兄貴の馬の方がまだましだよ。たらふく食わせてもらって、高い金払って調教師までつけて、仕込まれているんだからな。ところが実の弟のこの僕には、何一つしてくれない。僕は、ただ体が大きくなっただけだ。それなら残飯をあさる家畜だって同じ恩恵を受けていることになる。兄貴が僕に与えるのは「無」だ。それだけでなく、どうやら自然が僕に与えるものまで奪おうというつもりらしい。僕を下男たちと一緒に食事させ、兄弟として認めず、ひどい育て方をして僕の生まれをだめにしようというんだから。だから悲しいんだよ、アダム。この心のうちにある父の精神が、こんな奴隷のような暮らしを拒絶する。もう我慢の限界だ。ただ、どうしたらここから抜け出せるのか、よい手立てが見つからない。
アダム　あちらから旦那《だんな》様が、お兄様がいらっしゃいます。
オーランドー　少し離れて聞いててごらん、アダム。兄貴がどんなにひどい扱いをするか。
〔アダムは下がる。〕

オリヴァー登場。

オリヴァー　なんだ、こんなところで何してる？
オーランドー　別に。教育がない僕には何もできませんから。
オリヴァー　じゃあ、何をだめにしている？
オーランドー　そりゃあ、兄さんの手伝いをして、神がお造りになったあなたの出来の悪い弟をだめにして、のらくら者にしているんです。
オリヴァー　ちゃんと働け。失《う》せろ。
オーランドー　豚の世話して、一緒に籾殻《もみがら》でも食ってろって言うんですか。聖書に出てくる放《ほう》蕩《とう》息子じゃあるまいし、何だってこんな貧乏暮らしをしなきゃならないんだ。
オリヴァー　おまえ、自分の立場というものがわかってるのか。
オーランドー　ええ、僕が立ってる場所は、兄さんの果樹園です。
オリヴァー　誰の前で物を言ってるかわかってるのか。
オーランドー　ええ、僕の前にいる人が僕のことをわかっているよりも。あなたは一番上の兄だけど、その貴族の血は僕にも流れていることはわかってほしい。長男だから兄さんのほうが偉いっていう社会の仕組みになっているけれど、僕らのあいだに何十人の兄弟がいようと、僕も同じ血筋であることは変わらない。あなたは兄だから尊敬しなきゃならないこともわかるけど、僕だって父上の子だ。

オリヴァー　なんだと、小僧！

オーランドー　まあまあ、兄さん、腕っぷしなら、僕のほうが年季が上だ。

オリヴァー　俺に手をかけるのか、下郎め。

オーランドー　僕は下郎じゃない。サー・ローラン・ドゥ・ボワの末の息子だ。その立派な父親の息子を下郎呼ばわりするやつこそ三倍も下郎だ。おまえが兄じゃなかったら、そんなことを言った舌をこのもう一方の手で引っこ抜いてやる。おまえは自分で自分を罵《ののし》ったんだ。

〔アダムが飛び出してくる。〕

アダム　どうぞおやめください。お父上を思い出し、仲直りなさってください。

オリヴァー　手を放せ。

オーランドー　こっちの気がすむまで放すものか。よおく聴け。父は、僕にきちんとした教育を受けさせるよう、遺言で兄さんに命じた。なのに兄さんは、僕を百姓扱いし、僕のなかの紳士らしさをつぶそうとしている。父上の心意気が僕のなかで強くなってきて、もう耐えられないんだ！　だから、紳士としての修業をさせてくれ。でなければ、遺言で僕に遺されたわずかな手当を渡してくれ。その金で運命の旅に出るから。

オリヴァー　それでどうしようってんだ。その金もなくなったら物乞《ものご》いでもするのか。とにかく家に入ってろ。貴様にはもううんざりだ。貴様の取り分なら少しはくれてやる。どうぞ出ていってくれ。

オーランドー　これ以上兄さんを怒らせるつもりはない。この身を守りたいだけだ。

オリヴァー　〔アダムに〕おまえも一緒に行け。この老いぼれ犬が。

アダム　「老いぼれ犬」が私へのご褒美ですか。なるほど、長くお仕えして、歯も抜けちまいましたからね。亡くなられた大旦那様ならそんなことは仰《おっしゃ》りますまい。

オーランドーとアダム退場。

オリヴァー　そういうことか。俺にたてつこうってのか。その腐りきった根性を叩《たた》き直してくれる。一千クラウンなど渡すものか。おい、デニス！

デニス登場。

デニス　お呼びですか。

オリヴァー　チャールズが会いにこなかったか、公爵お抱えのレスラーの？

デニス　はい。門のところで控えております。

オリヴァー　通せ。〔デニス退場。〕

いい手がある。レスリングの試合は明日だから……

チャールズ登場。

チャールズ　おはようございます。

オリヴァー　おはよう、チャールズ。新たな公爵を迎えた宮廷では、何か新しいことがあったかね。

チャールズ　新しいニュースはございません。古いニュースだけです。つまり、かつての公爵は、その弟でいらっしゃる新しい公爵に追放されました。三、四人の貴族たちがお伴をすべく、あとを追って自ら追放の身となりましたが、その方々《かたがた》の土地や収入は新しい公爵の懐《ふところ》に入り、それゆえ公爵も好きにするがよいと出て行かせたとのこと。

オリヴァー　公爵の娘ロザリンドも、一緒に追放されたのか。

チャールズ　いえいえ。ロザリンド様のお従妹《いとこ》に当たる現公爵のお嬢様が、赤子の頃からの幼《おさな》馴染《なじみ》でいらして、ロザリンド様を深く愛するあまり、あの人が追放されるなら私もついて行く、離れ離れになるなら死んだ方がましと仰《おつしや》いまして。それでロザリンド様は宮廷に残され、叔父《おじ》上から実の娘のように可愛がられていらっしゃいます。あのお二人ほど深く愛し合っているご婦人方はおりません。

オリヴァー　元の公爵は、どちらにお住まいに？

チャールズ　すでにアーデンの森へお入りになったとか。陽気な仲間を連れて、昔イングランドにいたロビン・フッドのような暮らしをなさっているそうです。若い紳士連中が毎日公爵のもとに集《つど》い、黄金時代のように気苦労のない時を過ごしているそうで。

オリヴァー　ところで、君は明日、新公爵の御前《ごぜん》試合に出場するんだったな。

チャールズ　はい。そのことでお耳に入れたいことがあって参ったのです。実は、弟御のオーランドー様が身分を隠して私に勝負を挑むおつもりだとか。明日は、私も名誉をかけて戦いますので、手足を折らずに私から逃げられるやつがいたら大したものです。弟さんはまだお若く、体も華奢《きゃしゃ》ですし、閣下のためにも倒したくないのですが、挑戦されたら、こちらも面《めん》子《つ》をかけてやらねばなりません。そこで、閣下を思う気持ちから、このことをご報告し、弟さんに出場をやめさせるか、さもなければ弟さんの被《こうむ》る不名誉は、ご自身で求められたものであって、私の意に反するものであることをご承知頂きたいのです。

オリヴァー　チャールズ、その思いやりに感謝し、それ相応に報いよう。弟が試合に出ようとしていることには私も感づいて、それとなくやめさせようとしたのだが——言うことをきかんのだ。いいかね、チャールズ、あいつはフランス一頑固な若者だ。野心満々で、人の長所を羨《うらや》み、実の兄である私に対して密《ひそ》かに悪事を働くようなやつなのだ。だから、好きにやるがいい。あいつの指どころか首をへし折りゃいいんだ。だが用心しろ。あいつは少しでも恥をかかされたり、君を倒して大得意になれなかったりすれば、毒や卑怯《ひきょう》な手段で君を罠《わな》にはめ、もってまわったやり方で君の命を奪うまでつきまとうだろう。なにしろ——口にするだけで涙ぐんでしまうが——あの若さであれほど悪いやつはいまだかつていた例《ため》しがないのだ。これでも兄として言っているのだが、あいつのありのままを洗いざらい話せば、私は赤面して涙を流し、おまえは青ざめて驚くだろう。

チャールズ　ああ、お伺いして本当によかった。やつが明日来たら、こらしめてやりましょう。やつが一人で歩いて帰れたら、私は二度と賞金目当ての試合はしません。では、失礼します。

オリヴァー　ご苦労、チャールズ。

チャールズ退場。

よし、これであの暴れん坊をやっつけてやる。これでやつもおしまいだ。どういうわけか、俺は心の底からあいつがいやでいやでたまらない。あいつには紳士としての品があり、教育も受けていないのに教養があり、貴族らしい振る舞いに満ち、誰からも愛され、人気の的だ。とりわけ、あいつのことをよく知っているうちの者たちがあいつを贔屓《ひいき》するもんだから、こっちはまったく立つ瀬がない。だが、今のレスラーがすぐに片をつけてくれるだろう。あとは、あの小僧が試合に出るように焚《た》きつけるだけだ。すぐにかかってやる。

退場。

第一幕　第二場

ロザリンドとシーリア登場。

シーリア　お願い、大好きなロザリンド、元気を出して。
ロザリンド　愛《いと》しいシーリア、私、これでも無理に明るい顔をしてるのよ。
シーリア　でも、もっと明るい顔をして頂戴《ちょうだい》な。
ロザリンド　追放された父のことをどうしたら忘れられるか教えて。それができなければ、楽しいことを思い出せって言ったって無理よ。
シーリア　じゃあ、あなた、私があなたを愛してるほど強く私のことを心から愛してくれていないんだわ。仮に、私の父である公爵があなたのお父様を追放したのではなくって、逆に伯《お》父《じ》様が、つまりあなたのお父様が私の父を追放したとしても、つまり追放されたのがあなたの叔父だったとしても、あなたさえ一緒にいてくれるなら、私、あなたへの愛に免じてあなたのお父様を自分の父と思ったはずよ。だからあなたもそうして。私があなたを想っているように、あなたも心底私のことを想ってくれるなら。

ロザリンド　そうね。あなたの幸せを思って、私の不幸せは忘れることにするわ。

シーリア　父には私しか子供がいないし、これからできそうもないでしょ。だから、父が亡くなったら、あなたに公爵領を継いでほしい。父があなたのお父様から無理やり奪ったものを、私は愛を籠《こ》めてあなたにお返ししたいの。名誉にかけてそうするわ。その誓いを破ったら、私、化け物になってもいい。だから、大好きなローズ、愛しいローズ、元気を出して。

ロザリンド　これからは元気を出すわ、シーリア。何か楽しいことをしましょ。ええっと、恋に落ちるってのはどうかしら？

シーリア　いいわね、やってみて。恋のゲームをしましょ。でも男の人に本気で恋しちゃだめよ。遊びのつもりでも深みにはまっちゃだめ。頬をぽっと染めて、何一つ傷つかずに戻ってこられなきゃ。

ロザリンド　じゃ、何の遊びをする？

シーリア　仲良く座って、運命の女神の悪口を言って、運命の糸車を回す手を止めてやりましょ。これからは運命のお恵みがみんなに公平に与えられるように。

ロザリンド　そうできたらいいわね。だって、幸運のお恵みはとんでもないところにばかりいくんですもの。あの目の見えない恵みの神様には、女を見る目がないのよ。

シーリア　ほんと。美貌《びぼう》を与えておきながら貞節さを与えなかったり、貞節な女を不細工にしたり。

ロザリンド　あら、それは運命の女神じゃなくて、自然の女神でしょ。運命が支配するのは時の運、人の顔かたちじゃないわ。

道化※1〔タッチストーン〕登場。

シーリア　そうかしら？　自然の神が美女を造っても、運命の女神のせいでその美女が地獄の炎に焼かれる末路をたどるかもしれなくてよ。私たちが運命の女神の悪口を言う知恵を自然から授かったとしても、運命の女神は、悪口をやめさせるためにこの阿呆《あほう》をよこしたんじゃなくって？

ロザリンド　なるほど、自然も運命にはかなわないってわけね。自然から授かった知恵も、運命が送り込んだ道化に、そこ道化そこ道化と、どかされるなら。

シーリア　もしかしたら、阿呆をよこしたのは運命じゃなくて自然の女神かもよ。女神たちをとやかく言うには私たちの知恵じゃ鈍すぎるからって、砥石《といし》代わりにこの阿呆をよこしたのよ。

※1　Clowne　台詞内ではFoolと呼ばれる。公爵家に仕える宮廷道化師（court jester）。どんな高位の者に対しても辛辣な冗談を言うことを許されている天下御免の道化（allowed fool）。エリザベス一世やその父ヘンリー八世にも、そのような道化師がいたことが知られている。
　本作の道化役が、シェイクスピアの劇団に一五九九年まで在籍した道化役者ウィリアム・ケンプなのか、その後継者ロバート・アーミンなのかは議論がわかれている。訳者あとがき参照。
　なお、タッチストーン（試金石）という名前は第二幕第四場まで言及されず、道化とのみ表示される。

人の愚かさを砥石として知恵を磨けって言うでしょ。どうしたの、お利口さん、どこへ行くの？
道化　お嬢さん、お父上のところまでご同行願います。
シーリア　おまえ、警察官にでもなったの？
道化　いや、わが名誉にかけて、お嬢さんを連れてくるように言われただけだよ。
ロザリンド　そんな誓いの仕方、どこで覚えたの、阿呆？
道化　ある騎士からさ。そいつは、わが名誉にかけてうまいパンケーキだ、名誉にかけてまずい辛子《からし》だって誓うんだ。だけど、おいらに言わせりゃ、まずいのはパンケーキで、辛子は上等だった。でも、その騎士は嘘を言ったことにはなりゃしない。
シーリア　どうしてそうなるのか、ありったけの知恵を使って説明してごらんなさい。
ロザリンド　そうよ、さあ、おまえの知恵のお手並み拝見。
道化　お二人とも、前へ出て。あごをさすって、その鬚《ひげ》にかけて誓ってごらん、おいらが悪党だと。
シーリア　鬚があったらその鬚にかけて誓うわ、おまえは悪党だと。
道化　おいらも自分が悪党だって誓うよ、おいらの悪《あく》どさにかけて。おいらに悪どさがあればね。だけど、ないものにかけて誓ったんだから、嘘を言ったことにならない。その紳士もおんなじだ。名誉にかけてなんて言っても、そんなものないんだから。あったとしても、パンケーキと辛子にお目にかかるずっと前に、誓いで使いすぎて、なくしちまってら。
シーリア　誰のこと、言ってるの？

道化　あなたのお父上、ファーディナンド様[※1]の御寵愛《ちょうあい》を受けている人さ。
ロザリンド　父の寵愛を受けているなら、それで十分名誉じゃないの。もうその人のことは言いっこなし。陰口ばかり叩《たた》いてると、そのうちに鞭《むち》を食らうわよ。
道化　世知辛《せちがら》いねえ、賢い人の阿呆ぶりを阿呆が賢く言えぬとは。
シーリア　ほんと、そのとおりね。阿呆のささやかな知恵が黙らされてからというもの、賢い人のささいな阿呆ぶりがずいぶん目につくようになってるもの。あら、ムッシュ・ル・ボーだわ。

ル・ボー登場。

ロザリンド　あの口にはニュースがつまってるわよ。
シーリア　それを鳩がヒナに餌《えさ》を食べさせるように、私たちに呑《の》み込ませるのね。
ロザリンド　そしたらニュースでおなかがつまっちゃう。
シーリア　つまらない女になるよりまし。お嫁に行けて、つ、ま、しい妻になれるわよ。ボンジュール、ムッシュ・ル・ボー、どうなさいました？
ル・ボー　お嬢様、面白いものをお見逃しになりましたよ。
シーリア　尾も白かったら、頭も白い？
ル・ボー　はて。どうお答えしたものやら。
ロザリンド　頓知《とんち》を利かせて。
道化　あるいは運命の神様の命ずるままに。

※1　F（フォーリオ）では「フレデリック」。アーデン3の校訂に従った。

シーリア　まあ、大げさね。何様のつもり？
道化　いや、別に見下したわけじゃ――
ロザリンド　下したわけじゃないなんて、下《しも》の話はやめて。なんだかくさいわ。あほくさい。
ル・ボー　かないませんなぁ、お嬢様方には。私はただ面白いレスリングの試合をお見逃しになったと申し上げようとしたまでで。
ロザリンド　どんな試合？
ル・ボー　初めの方をお話ししましょう。お気に召したら続きはご覧になれます。一番見ものの取り組みはこれからでございますから。お二人がおいでのこちらで試合が行われるのです。
シーリア　じゃ、終わってしまった始まりを教えて。
ル・ボー　ある年寄りに三人の息子がおりまして――
シーリア　なんだか昔話みたい。
ル・ボー　三人の立派な若者で、堂々たる体つきでした。
ロザリンド　この体つきはどうどう？と書いた看板を首からぶらさげておりました。
ル・ボー　長男が公爵お抱えの力自慢チャールズと闘い、チャールズにあっという間にやっつけられて、肋骨《ろっこつ》を三本折りました。助かる見込みはございません。次男、三男も同じ目にあい、むこうに三兄弟はのびております。可哀想な年寄りの父親がとりすがって大泣きするものですから、観客ももらい泣きしています。
ロザリンド　可哀想に。
道化　で、お嬢さん方が見逃した面白いことというのは何だい、ムッシュ？

ル・ボー　だから、今お話ししたことです。骨をへし折るのがご婦人方の面白い見ものとは、初耳だ。
道化　かくて人は日々賢くなる。
シーリア　まったくよ。
ロザリンド　それでもまだ自分の肋骨が折れる音を聞きたがっている挑戦者がいるのね？　そういう音楽を奏でるべく骨を折ろうという人が。シーリア、そんな試合、観る？
ル・ボー　ここにいらっしゃるなら、いやでもご覧になりますよ。ここが試合場《しあいじょう》に指定され、皆さん、いらっしゃいますから。
シーリア　ほんと、もうそこに来ているわ。ここにいて観てみましょうよ。

ファンファーレ。フレデリック公爵、貴族たち、オーランドー、チャールズ、従者たち登場。

公爵　さあ。その若者は、やると言ってきかんのだから、怪我をしても自業自得だ。
ロザリンド　あれがその人？
ル・ボー　さようでございます。
シーリア　まだお若いのに。でも、勝つかもしれないわ。
公爵　おや、娘に姪御《めいご》じゃないか。試合を観にきたのかね。
ロザリンド　はい、公爵様。どうぞお許しを。
公爵　こっちのほうが強すぎて、面白い試合にはならんぞ。挑戦者はまだ若いからやめさせようとしたんだが、言うことを聞こうとせんのだ。おまえたち、説得してみてくれんか。
シーリア　ムッシュ・ル・ボー、あの方をここへお呼びして。

公爵　呼びなさい。私は、はずしていよう。　〔公爵は脇へどく。〕
ル・ボー　挑戦者の方、公爵のお嬢様がお呼びでございます。
オーランドー　これは畏《おそ》れ多いことで。
ロザリンド　若いお方、あなた、あのチャールズに挑戦なさるの？
オーランドー　いいえ、お嬢様。あの男が皆に挑戦しているのです。私はただ、ほかの人たちと同じく、自分の腕を試しに来ただけです。
シーリア　お若いのに大胆すぎるわ。あの男の強さを示す残酷な証拠をご覧になったでしょ。その目でご自身をご覧になるか、分別を働かせてご自身を知れば、危険を察して、勝ち目のない試合はなさらないはず。どうかご自身の身の安全を考えて、挑戦はおやめください。
ロザリンド　そうなさって。そうなさったからといって、名折れにはなりません。公爵にお願いして、試合を中止にして頂きますから。
オーランドー　これほど美しく立派なご婦人方のお言葉に背《そむ》くのは心苦しいのですが、どうかそのように厳しいお考えで私をお決めつけにならないでください。どうぞ、その美しい目とお優しいお心で、私の挑戦を見守っていてください。負けたところで、もともと不運な男が恥をかくだけのこと。死んだとしても、死にたいと思っているやつが死ぬだけです。誰が嘆いてくれるわけでもありませんから、誰に心配をかけるわけでもなし。世間とも無関係ですから、誰にも迷惑をかけません。この世界でこの体が占めている場所が空けば、もっとましな使い道があるでしょう。
ロザリンド　私には何もできませんが、お力になれたらよかったのに。

シーリア　私も同じ思いです。
ロザリンド　さようなら。どうか、この心配が杞憂《きゆう》でありますよう。
シーリア　あなたの望みがかないますよう。
チャールズ　さあ、どこにいる、母なる大地に抱かれたがっている例の若造は？
オーランドー　ここだ。だが、そんな望みは持っていないぞ。
公爵　一本勝負だ。
チャールズ　もちろんです、公爵様。一本目さえやめさせようとなさった公爵様に、二本目を
　ご覧に入れたりは致しません。
オーランドー　あとで勝ち誇るつもりなら、今相手を嘲《あざけ》ったりせぬものだ。だが、さあ、来い。
ロザリンド　ヘラクレスがあなたに力をお貸しくださいますように。
シーリア　私、透明人間になれたら、あの強い人の足を引っ張ってやるんだけど。
〔オーランドーとチャールズは〕戦う。
ロザリンド　まあ、すごいわ。頑張って！
シーリア　この目から雷《かみなり》を落とせるなら、勝敗はすぐつくんだけど。
歓声。〔チャールズが倒される。〕
公爵　そこまでだ。そこまで！
オーランドー　いえ、公爵様。今のはまだ小手調べです。

公爵　どうした、チャールズ？
ル・ボー　口がきけないようです、公爵様。
公爵　連れ出せ。※1　〔従者たちはチャールズを運び出す。※2〕
名前は何という？
オーランドー　オーランドーと申します。サー・ローラン・ドゥ・ボワの末息子です。
公爵　誰かほかの者の息子であってほしかった。※3
世間はおまえの父を高く評価しているが、
私にとってはずっと宿敵だった。
おまえがほかの家の出であったら、
今の試合をあっぱれと褒《ほ》めたところだ。
だが、さらばだ。なかなか見どころのあるやつだ。
誰かほかの父親の子であってほしかった。
　公爵〔と貴族たち、ル・ボー、道化タッチストーン〕退場。
シーリア　〔ロザリンドに〕私が父だったら、あんなこと言わないわ。
オーランドー　サー・ローランの息子、その末息子であることは
わが誇りだ。その名を変えてなるものか、
たとえフレデリック公爵の跡継《あとつ》ぎにすると言われても。

※1　アーデン3は、ここを韻文と解釈し、前の行とシェアード・ラインとしているが、多くの現代版は散文と解している。注3参照。
※2　アーデン3は、タッチストーンはここで退場するとしているが、他のほとんどの現代版では、このあと公爵とともに退場するとしている。
※3　本作で初めて韻文が用いられる。弱強五歩格で韻を踏まないブランク・ヴァース。韻文はこの場面の最後まで続く。アーデン3は「オーランドーの散文に対してフレデリック公爵が韻文で応えるのは、その敵意を示す」と注記する。
※4　直前のロザリンドの行「涙を流してでもお止めしたのに」は

ロザリンド　私の父は、サー・ローランを心の友としていた。
誰もが父と同様に、サー・ローランを愛していたわ。
この若者がその息子であると知っていたら、
こんな危険な試合をなさらないよう、
涙を流してでもお止めしたのに。

シーリア　ねえ、ローズ。[※4]
あの方に試合のお礼を言って、励ましてさしあげましょうよ。
父のあの恨みがましい、ひどい仕打ちには、
胸が苦しくなるもの――あなた、お見事でした。
お約束なさった以上の活躍ぶりでしたね。
そのように恋の約束もお守りになったら、
あなたのいい人はお幸せね。

ロザリンド　どうか、これを
私のために身に着けてください。[※5]運命に見放された
身でなければ、もっと差し上げたいところなのですが。
さ、行きましょ。

シーリア　ええ。じゃ、さようなら。

［ロザリンドとシーリアは退場し始める。[※6]］

弱強三回半で、この「ねえ、ローズ」が弱強一回半。合わせて弱強が五回繰り返される韻文の一行を成す。このように半分ずつに分かれた行をハーフ・ラインと呼び、分割された一行をシェアード・ラインと呼ぶ。間髪を容れずに読み、テンポ・アップになる。

※5　ここでロザリンドは、自分の首にかけていたネックレスを相手に渡す（74ページのシーリアの台詞参照）。相手の手に渡すだけの場合もあるが、多くの公演ではオーランドーの首にかけてやる。
　一八三九年にヘレン・フォーシットが演じたロザリンドは、まずネックレスにこっそりキスをしたという。

※6　Fにないト書き。

オーランドー　「ありがとう」も言えないのか？※1
　僕はすっかりやられてしまった。
　ここに立つのは抜け殻の木偶《でく》の坊だ。
ロザリンド　あの方が呼んでるわ。※2　私にはもうプライドなんて
ないもの。何の御用か訊《き》いてみよう――お呼びになりました？
ほんとに素晴らしい戦いぶりで、敵ばかりじゃありませんのよ、
あなたにやられてしまったのは。
シーリア　ねえ、行かないの？※3
ロザリンド　行くわよ。――さようなら。

ロザリンドとシーリア退場。

オーランドー　この舌を縛りつけるこの熱い想いは何だ？
あの人は話そうとしてくれたのに、僕は何も言えなかった。

ル・ボー登場。

哀れなオーランドー、おまえは倒されたんだ。
チャールズよりも弱い者が僕を征服した。
ル・ボー　失礼。友情からご忠告申し上げるが、
ここを立ち去ったほうがよろしいですよ。あなたは
名をあげ、喝采《かっさい》と敬愛を受けるべきお方ではあるが、

※1　オックスフォード版とニューケンブリッジ版はこの台詞を（傍白）としている。

※2　オーランドーのひとりごとを聞きつけて勘違いしたと解釈できるが、わざと大仰に演じて笑いをとることが多い。

※3　ロザリンドは恋愛の告白をしたが、ここでたっぷり間をとることをシェイクスピアは許さない。二人が見つめ合うところへシーリアがシェアード・ラインですぐに割り込むのである。
　ニューケンブリッジ版はこのシェアード・ラインのあいだに「二人は互いを見つめ合う」というト書きをわざわざ入れている。シーリアの台詞が二人の視線をさえぎるのである。

公爵様は今大層ご機嫌を損ねられて、
あなたがなさったことを悪くお取りになっている。
公爵様が気分屋でいらっしゃることは、この私が
申し上げるまでもないでしょう。

オーランドー　ありがとうございます。一つ教えて
頂けますか。今の試合のとき、ここに
いらしたお二人のどちらが公爵の娘さんですか？

ル・ボー　そのお優しさからすればどちらも※4違います。
と申し上げたいところですが、背の低い方が娘さんです。
もう一人は追放された公爵の娘さんでして、
その地位を簒奪《さんだつ》した叔父《おじ》が自分の娘のために
遊び相手としてとどめ置いているのです。あの二人は
実の姉妹よりも深く互いに愛し合っておられます。
ところが最近公爵は、この立派な姪御《めいご》さんさえ
お気に召さないご様子なのです。
それもただ、世間の人々が姪御さんの美徳をほめちぎり、
善良なる父親のことで可哀想に思っている
というただそれだけのことが原因なのです。
賭《か》けてもよいですが、公爵は突然に

※4　Fには taller とあるが、32ページのロザリンドの台詞や114ページのオリヴァーの台詞から、シーリアの方が背が低いとわかる。ロウが一七一四年に shorter と校訂して以来、それを採用する版が多く、この翻訳でもそれに従った。
　ニューケンブリッジ版は、taller を「より威勢のいい方」と解釈しようとしているが、単純なまちがいと考えるべきだろう。シェイクスピアに書きまちがいが多かったことについては、『新訳　まちがいの喜劇』10～11ページの脚注を参照。
　シェイクスピアの劇団にのっぽとちびの少年俳優がいたことは、拙著『ハムレットは太っていた！』参照。

姪御さんを憎むようになるでしょう。さあ、
さようなら。今後はもっとよい世界で、
ご昵懇《じっこん》になれますように。

オーランドー　ご親切に感謝致します。さようなら。

ル・ボー退場。

こうして一難去ってもまた一難だ。〔☆〕
暴君の公爵を逃れた先は暴君の長男だ。〔☆〕※1
それにしても天使のようなロザリンド！

オーランドー退場。

第一幕　第三場

シーリアとロザリンド登場。

シーリア　ねえ、どうしたの、ねえ、ロザリンド！　勘弁してよ。一言も口をきかないなんて。

ロザリンド　無駄口を叩《たた》く気になれなくて。

シーリア　叩かなくていいから、私に話して。さあ、どうしたのか、わけを言って。わけを話して私を叩きのめして。

※1　行末がsmotherとbrotherで韻を踏む二行連句。二行連句は場面や長台詞を締め括る効果がある。
　このように押韻があるところは、訳でも韻を踏ませ、原文にはない記号をつけた。

ロザリンド　そしたら、私たち二人とものびちゃうわ。わけで叩きのめされるあなたと、わけもなくおかしくなってしまった私と。
シーリア　あなたのお父様のことを思って？
ロザリンド　いえ、私の子供の父親になる人のことを思って。ああ、平凡な日々って棘《いばら》だらけねえ。
シーリア　棘じゃなくてただの毬《いが》よ。お祭りに浮かれている隙《すき》にくっついただけ。ちゃんとした道を歩かないと、すぐスカートにつくのよ。
ロザリンド　服についてるなら払い落とすけど、この毬は私の心にひっかかっているの。
シーリア　えへんと咳《せき》して出しちゃいなさい。
ロザリンド　咳してあの人と籍《せき》を入れられるなら、やってみるわ。
シーリア　んもう。恋心に負けちゃだめ。
ロザリンド　だけど、その恋心は私より強いレスラーの味方なの。
シーリア　あら、じゃ大変。あなた、そのうち押し倒されて、組み敷かれちゃうわよ。でも冗談はさておき、まじめな話。そんなことってあるかしら？　こんなに突然サー・ローランの末息子に夢中になるなんて。
ロザリンド　公爵だった父もあの人の父親を心から愛していたわ。
シーリア　だからあなたがその息子を心から愛さなきゃならないってことにはならないでしょ？　その段でいくと、私の父はあの人の父を心から嫌っていたから、私もあの人を嫌わなきゃならないことになるわよ。でも、私はオーランドーが嫌いじゃないわ。

ロザリンド　だめよ、嫌っちゃ。ね？　私のためにも。

シーリア　もちろんよ。だってすてきな人じゃない？※1

〔フレデリック〕公爵と貴族たち登場。

ロザリンド　だから私が愛するの。あなたは私の愛のためにあの人を好きになって。あら、公爵様だわ。

シーリア　ものすごく怒った目をしてる。

公爵　おい、できるだけ早急にここを出て行け。わが宮廷を立ち去るのだ。

ロザリンド　私がですか、叔父様？

公爵　おまえがだ。十日たってもなお、おまえの姿が宮廷から二十マイル以内に発見されたらそのときは死刑だ。※2

ロザリンド　どうか、お願いです。私が何の罪を犯したのか教えてください。私にはまったく身に覚えがないのです。自分のことは自分でわかっているつもりです。私が夢を見たり狂ったりしているのでなければ、

※1　Why should I not? Doth he not deserve well?「どうして嫌っちゃいけないの？　嫌うに値する人じゃない？」と皮肉を言っているとするシソンの解釈もあるが、アーデン2、3やオックスフォード版に従って逆の意味に解釈した。

※2　Thou diest for it. それまでは you で話しかけていたのに、ここでいきなりぞんざいな thou に変わる。この突然の変化は、『ペリクリーズ』でペリクリーズの娘を預かったダイオナイザが娘を殺そうとするという豹変ぶりを思わせる。自分の娘が見劣りするという嫉妬が原因であるところも同じ。
　原作の『ロザリンド』では、美しいロザリン

そうだと信じていますが、どうか叔父様、
まだ生まれてもいない思いのなかですら、
叔父様に背いたことはありません。
公爵　謀叛《むほん》人は皆そう言う。
言葉だけで身の潔白が示せるなら、
どんな謀叛人も恵みの女神※3のように無実となろう。
おまえが信用ならぬというだけで十分だ。
ロザリンド　信用頂けないから謀叛人なのですか。
何をお疑いなのか教えてください。
公爵　おまえは、おまえの父親の娘だ。それで十分だ。
ロザリンド　閣下が父の公爵領を取り上げたときも、
そして父を追放なさったときも、私は父の娘でした。
謀叛は親から子へ受け継がれるものではありません。
かりに一族郎党同罪だとしても、私は無実です。
父は謀叛人ではありませんでしたから。ですから、
どうか公爵様、誤解なさいませんように、
この身の貧しさが謀叛の種となるなどと。
シーリア　どうか公爵様※4、私にも言わせてください。
公爵　いいとも、おまえのためにこれをここに置いたのだぞ。

ドに求婚者が多く、そのうちの一人がロザリンドと結婚することで公爵領を自分のものと主張しかねないと恐れてロザリンドを追放する。

※3　恵みの女神たちは、ギリシャ神話でカリス、ローマ神話でグラティアと呼ばれ、三美神の姿で表されることもある。

※4　Dear sovereign　父親に対して改まった呼び方をしている。

さもなければこいつは今頃父親と一緒にさまよっているはずだ。

シーリア　でも、私からそう願い出たわけではありません。
閣下がご自分でお決めになったこと。情けをかけられたのです。
あのとき私は幼くて、従姉《いとこ》のこともよくわかっていませんでした。
けれども、今はよくわかります。この人が謀叛人なら、
そしたら私だって謀叛人です。私たちは寝るときも一緒。
起きるときも、お勉強も、遊ぶときも、お食事も一緒。
どこへ行くときも、ジュノーの白鳥たち※1のように、
いつも二人一緒で、別れることはできないのです。

公爵　こいつのずるさが、おまえにはわからんのだ。
いかにも上手に立ちまわり、無口で辛抱強いから、
世間の人はほだされて、つい同情してしまう。
おまえは馬鹿だ。こいつはおまえの名声を奪っているのだ。
おまえはもっと輝き、もっと素晴らしく見えるだろう、
こいつさえいなければ。だからその口を開けるな！
私がこいつに下した判決は固く、
覆すことはできない。こいつは追放だ。

シーリア　では、私にも同じ判決を、公爵。
引き裂かれるくらいなら死んだ方がましです。

※1　ローマ神話では、愛の女神ヴィーナスが二羽の白鳥にその車（チャリオット）を曳かせていると理解されるのが一般的だが、ジュノー（ユノ、ユーノー）が白鳥に車を曳かせているとイメージされる例は、トマス・キッド作の悲劇『ソリマンとパーセダ』（一五九二年頃）第四幕第一場にも見られる。
シーリアは、異性愛の女神ではなく、女性の守護神であるジュノーに頼りたい気持ちがあったのかもしれない。なお、ジュノーは主神ユーピテルの妻であり、ギリシャ神話のヘーラー（ヘラ）と同一視される。女性同士の幼馴染の重要性は『夏の夜の夢』や『から騒ぎ』でも描かれる。

公爵　馬鹿を言うな。姪《めい》よ、支度をしろ。
期限内に出ていかなければ、わが名誉にかけて、
わが命令の効力を発揮させ、死刑だ。

公爵と貴族たち退場。

シーリア　ああ、可哀想なロザリンド。どこへ行くの？
父親を取り替えない？　あたしのをあげる！
私だって悲しいんだから、私より悲しまないで！

ロザリンド　私のほうが悲しむ理由があるでしょ。

シーリア　そんなことない。
お願い、元気を出して。わからないの？
公爵は自分の娘を、私を追放したのよ。

ロザリンド　そうじゃないわ。

シーリア　え？　そうじゃないですって？　じゃあロザリンドには、
私たちが一心同体※2だとする愛がないんだわ。
私たち、別れられる？　離れ離れになれると思うの、愛《いと》しい人？
いいえ。父は誰かほかの人を世継ぎにすればいいんだわ。
だから、一緒に逃げる方法を考えましょう。
どこへ行くか、何を持っていくか。
そして、この不幸を独り占めにして、一人で

※2　シーリアの同性愛の強さはシェイクスピア作品のなかで最大級と言えよう。ただし、『から騒ぎ』の従姉妹ビアトリスとヒアローは、夜一緒のベッドに寝る仲である。当時リネン（シーツ）は貴重であったため、経済的理由から同衾をしていた。『夏の夜の夢』第三幕第二場のヘレナがハーミアに言う台詞も参照――「二人は、ちょうど双子のサクランボ。分かれているように見えても、実はつながっていて、一本の茎に生っている二つの可愛い実なのよ。こうして一見、体は二つでも心は一つ、二つの家紋が合わさって一つの家紋となるように、二つが組み合わさり、一つとなっているんだわ」。

悲しんで私をのけものにするのはやめて頂戴《ちょうだい》。
だって、私たちの悲しみに曇ってきたこの天にかけて、
あなたがどこへ行こうと、私も一緒に行く。

ロザリンド　だけど、どこへ行けばいいの？

シーリア　アーデンの森へ、伯父《おじ》様を訪ねに。

ロザリンド　ああ、女の身で、そんなに遠くまで
行くなんて、危険すぎるわ。※1
美しさはお金よりも盗人《ぬすびと》の気を引くものよ。

シーリア　私、貧しい身なりをするわ。
墨みたいなもので顔を汚すの。※2
あなたもそうなさいな。そしたら、
襲われずにすむわよ。

ロザリンド　それよりも、
私、普通の女の子より背が高いから、
上から下まで男の人みたいな恰好《かっこう》をして、
腰にはいかした剣をさし、
手には猪狩《いのししが》りの槍《やり》を持ち、
心には、女の恐れを押し隠して、
偉そうな堂々たる様子をしてみせるわ。

※1　当時、女性だけの旅は大変危険とされ、必ず男性のお伴が必要だった。危険を避けるために男装をしたという実例があった。

※2　少年俳優は女性を演じる際に白粉を塗るので、男装する際には白粉を抑えたとも考えられる。

※3　『ヴェニスの商人』第三幕第四場でポーシャが男装する際に言う台詞「私たち二人が若い男の服を着たら、私のほうがハンサムで、短剣を帯びる姿なんかも粋だわよ。ちょこまか歩かずに男っぽく大またで歩くの。ほら吹きの小粋な若者のように喧嘩をした話をし、もっともらしい嘘をつくのよ」参照。当時、身分ある男性は帯剣していた。

多くの腰抜け男どもが見かけだけで
騙《だま》しているみたいに。※3
シーリア　男になったあなたを何と呼べばいいの？
ロザリンド　ジュピターの小姓ぐらい恰好いいのがいいわ。
だから私を「ギャニミード」※4って呼んで。
だけど、あなたは何て呼ばれたい？
シーリア　私の身の上を示す名前がいいな。
もう「シーリア」はやめて「エイリエーナ」にする。※5
ロザリンド　ねえ、あなたのお父様の宮廷から
あの道化師を盗み出したらどうかしら。
旅の慰めになってくれるんじゃなくって？
シーリア　私と一緒なら世界の果てまで来てくれるわ。
任せて、説得してみせるから。さあ、
宝石や金目のものを集めに行きましょ。
私が逃げたとなれば、必ず追っ手がかかるから、
うまく逃げられるよう、出発の時間や逃げ方を
考えましょ。さあ、喜んで行こうじゃない？〔★〕
目指すは自由。追放なんかじゃない。〔★〕※6

ロザリンドとシーリア退場。

※4　美少年ギャニミード（ガニュメーデース）はイーリオス（トロイア）の若者。狩りの最中に、鷹の姿をしたジュピターに捕らえられ、オリンポス山に拉致され、ジュピターの酒杯を持つ係となった。

※5　No longer Celia, but Aliena.　この行においてAlienaは第二音節を強く、アリーナ（エイリーナ）と読むと韻律に合う。韻文のなかでAlienaが出てくるのはここのみ。但し、本来は第三音節を強く、エイリエーナ（アリエーナ）と発音すべき。「知らない人」(alien)の意味。

※6　content と banishment の二行連句により第一幕全体が締められる。

第二幕　第一場

公爵兄※1、エイミアンズ※2、森人のような恰好をした貴族二、三人登場。

公爵兄　さて、わが同胞よ、共に亡命した兄弟よ、
この昔ながらの暮らしは、飾り立てられた宮廷生活より
ずっと素晴らしいではないか。この森では、
妬《ねた》み深い宮廷よりずっと安心できるではないか。
ここで味わうのはアダムの受けた罰※3のみだ。
すなわち四季の移り変わり。氷の牙《きば》を剥《む》いて、
吹きすさぶ冬の木枯らしの厳しさが、
肌に喰《く》い込み、寒さで縮みあがるほど
この体に吹きつけようと、私は微笑んで言おう、
「これは追従《ついしょう》ではない。これは、自分が何者であるか
しっかりと感じさせてくれる、よき忠告だ」と。
逆境に打たれ強《づよ》ければ福となる。
逆境は、毒をもつ醜い蟇蛙《ひきがえる》のように、

※1　Duke Senior とFにはある。兄の公爵の意味。弟に公爵位を簒奪されているものの、本来の公爵であり、のちに森の中でオーランドーに出会うとき「私は公爵だ」と自己紹介している。64ページ注1参照。

※2　Amiens　フランス語発音では「アミアン」。パリの百十五キロメートル北にある町の名前でもある。英語発音として「アミアンズ」もありうる。amiable（愛想のいい）を連想させる名前。

※3　楽園を追放されたアダムの罰とは、「創世記」第三章第十九節によれば「労働」であったが、ここでは四季の変化に耐えることとされている。エデンの園は常春だった。

その額には貴重な石を宿している。※4
そして、こうして世間から切り離された我々の生活は、
木々の声を聴き、小川を本として読み、
石に説教を聴き、すべてに善を見出《みいだ》すのだ。
エイミアンズ　この生活を替えたくはありません。
運命の厳しさをそのように穏やかで素晴らしい
暮らしへとお換えになるとは、さすがです、閣下。
公爵兄　さあ、鹿を狩りに行こうか。だが、
胸が痛む。あのまだらの哀れな阿呆《あほう》たち※5は、
人の住まぬこの都の原住民だと言うのに、
自分たちの縄張りに居ながらにして、丸い尻《しり》に
二股《ふたまた》の矢を射かけられるのだから。
貴族一　　　　　　　　　　　　まったくです。
憂鬱《ゆううつ》※6なジェイクィズ※7はそれを嘆いて、
鹿を仕留める閣下は、閣下を追放した弟御よりも
簒奪《さんだつ》の罪が重いと誓言しています。
今日、エイミアンズ卿《きょう》と私は、こっそり
ジェイクィズがオークの木陰に寝そべっているところへ
忍び寄ったのですが、その古い根っこは

※4　蟇蛙の頭に生じる石（Toadstone）には解毒作用があると信じられ、そこから額に宝石を宿しているという迷信が生まれた。
※5　the poor dappled fools　鹿を指す。愛情を籠めて擬人化している。まだら服（motley）を着た道化のイメージ。
※6　憂鬱（メランコリー）は、四体液の一つである黒胆汁の過多によって生じる気分。当時、憂鬱を気どるのが流行していた。
※7　The melancholy Jaques grieves at that　この行では、Jaques は二音節、つまり「ジェイクィズ」ないし「ジェイキス」と読まなければならない。ただし、次ページ注3参照。

この森を流れる小川のなかに顔を出しており、
そこへ群れからはぐれた可哀想な牡鹿《おじか》が一頭、
狩人《かりうど》の放った矢を受けて傷つき、悲しみの
吐息をつきにやってきていました。そして実際、
とてつもないうめき声をたてたそのとき、
毛皮がはちきれそうに大きくふくらみ、
大きな丸い涙の雫《しずく》が、罪のない鼻の
両側で次々と追いかけっこを始めたのです。※1
こうして、毛におおわれた阿呆※2は、
憂鬱なジェイクィズの注目を浴びながら、※3
流れの速い小川のぎりぎりの縁《ふち》に立ち、
涙で流れを増していました。

公爵兄　で、ジェイクィズは何と？
その光景から教訓を引き出したのではないか。

貴族一　そのとおりです。一千もの比喩《ひゆ》を使って。
まず、泣いて空しく水かさを増すことについて、
「あわれな鹿よ」とやつは言いました。「おまえは、
世間の人がやるような遺産分配をしている。
すでに多くを持つ者に多くを与えたりして」。そして、

※1　落涙する鹿は、哀れを誘うものとしてエリザベス朝ではよく言及された。『ハムレット』第三幕第二場「泣いて逃げろや、手負いの牡鹿」参照。

※2　the hairy fool　前ページ注5参照。

※3　Much marked of the melancholy Jaques　この行及び二行後ではJaquesは一音節で読まなければならない。「ジャックス」あるいはフランス語風に「ジャック」と発音するのだろう。次の公爵兄の台詞と次ページの貴族一の台詞内のJaquesも一音節。但し、公爵兄の台詞においては一貫して二音節で、次の行は弱で終わる女性行末となっている可能性もある。前ページ注7参照。

鹿がヴェルヴェット※4をまとった群れから離れて
独りでいることについて、「しかり」と申します。
「みじめな者は、仲間外れにされるのだ」と。
やがて、草を腹一杯食べた鹿の群れが、その鹿に
見向きもせずに通り過ぎると、「そうだ」と申します。
「行くがいい、肥え太って脂ぎった市民たちよ！
それが世の習いだ。そこにいる哀れな、
打ちひしがれた破産者など無視すればよい」と。
こうして諷刺《ふうし》をたっぷり利かせて、ジェイクィズは
田舎も、都会も、宮廷も、そう、この
我らの暮らしぶりもこきおろして、言うのです、
我らはただの簒奪者、暴君※5であるどころか、
動物たちを怯《おび》えさせ、動物たちが生まれながらに
住んでいるその国に入り込んで殺戮《さつりく》をしていると。※6

公爵兄　そんな瞑想《めいそう》に耽《ふけ》ったままにして置いてきたのか。

貴族二　はい。すすり泣く鹿について涙して
批評を加えるままに。

公爵兄　　　　　そこへ案内してくれ。※7
そんな暗い気分のあの男を見てみたい。

※4　エリザベス朝のロンドンでは裕福な貴族階級でなければヴェルヴェットのコートをまとうことはできなかった。若い鹿の柔らかい毛並みをも指す語。

※5　政治的には公爵兄の公爵位を簒奪したフレデリック公爵を指すはずだが、それを公爵兄自身に当てはめるジェイクィズの修辞に妙がある。

※6　動物愛護の見地から狩猟に反対する声は当時から挙がっていた。モンテーニュ『随想録』所収の「残酷さについて」参照。ハリントン卿は自分のサマセットの領地に鹿を飼っていたが、肉を食べることに反対していた。

※7　シェアード・ラインは公爵兄の熱意を示す。

いろいろと、うがったことが聞けそうだ。

貴族一　すぐにご案内致しましょう。※1

一同退場。

第二幕　第二場

フレデリック公爵と貴族たち登場。

公爵　誰も見ていないなどということがあるものか。
馬鹿を言うな！　宮廷の誰かが、
こっそり手引きをしたに違いない。

貴族一　お姿を見かけた者が誰一人いないのです。
お部屋付きの侍女たちが申すには、
確かにベッドにお入りになったのに、
朝早くにはもぬけの殻※2だったとか。

貴族二　閣下がよくお笑いになっていらした
あの卑しい道化もいなくなっております。
お嬢様の侍女のヒスペリア※3が密《ひそ》かに

※1　オックスフォード版やニューケンブリッジ版はこの行を前の行とシェアード・ラインとしているが、そうすると弱強六回半の長い行になってしまう。ペンギン版、アーデン2、アーデン3のように、新たな行と判断した。その場合、公爵兄の台詞のあと、弱強一回半分の間をあけてから貴族一が最後の台詞を言うことになる。

※2　the bed untreasured of their mistress「その女主人たちという宝を失ったベッド」が原意。Untreasured はシェイクスピアの造語。

※3　ここでしか言及されない、登場しない人物。ここで無言のヒスペリア役を舞台に引きずり出す公演もある。

お嬢様とその従姉《いとこ》の話を立ち聞きしたそうですが、
それによれば、先日あの屈強のチャールズを
試合で倒した若者のことを、お二人は
大層ほめそやしていたとか。ですので、
どこへ行かれたにせよ、きっと
あの若者が一緒なのではないかと。

公爵　あいつの兄のもとへ使いをやり、その色男[※4]を
引っ立ててこい。本人がいなければ、兄をここへ
連れてこい。兄に捜させよう。すぐにかかれ。
愚かな逃亡者たち[※5]を連れ戻すまでは、
徹底的に捜索するのだ。

一同退場。

第二幕　第三場

オーランドーとアダム登場[※6]。

オーランドー　誰だ。

※4　オーランドーのこと。

※5　公爵は怒りのあまり気が動顛して、ロザリンドを追放したことを忘れたらしい。

※6　Fのト書き。舞台の両側から登場するのだろう。ニューケンブリッジ版は、ここの「アダム」を削除して、「誰だ」のあとに「アダム登場」としているが、オーランドーが誰何するときにアダムが見えていた方がよいだろう。ニューケンブリッジ版は「誰だ」を「中にいるのは誰だ」の意味に解釈するが、二人とも舞台上にいると考えた方が自然か。十八、十九世紀には、オーランドーがドアをノックし続け、アダムが出てくるという感傷的な演出が流行した。

アダム　おお、若旦那《わかだんな》様！　ああ、若様、若様、
大事な若様。ああ、サー・ローランの忘れ形見。
こんなところで何をしておられます。※1
なぜあなたはご立派なのです。なぜ人に好かれなさるのです。
なぜお優しくて、屈強で、勇敢でいらっしゃるんだ。
なぜ愚かにも、気まぐれ公爵の屈強なレスラーを
倒したりなどなさったのですか。旦那様を
褒めそやす声はもう家に届いております。
ご存じないのですか、若旦那様、人より抜きん出ると、
人の妬《ねた》みを買うことになるということを？
若旦那様がそうなのです。その美徳は、
清らかで神聖な顔をした裏切り者だ。
ああ、情けない世の中だ。立派な美徳が、
その持ち主にとって命取りになるとは！

オーランドー　何だ、どうしたんだ？

アダム　不幸せなお方だ。
この家に入ってはなりません。※2　この屋根の下には
あなたの美徳を憎む敵が住んでいます。兄上——
いえ、兄とは呼べない——だが、御子息——

※1　「こんなところ」とは、オリヴァーの家の前。オーランドーは家に帰ってきたのだが、アダムは「帰ってきてはいけなかった」と伝えたいのである。
　初演でシェイクスピアがアダムを演じたという言い伝えのために、十八、十九世紀にはここは大いに感動的に演じられた。

※2　本作の種本であるトマス・ロッジ作『ロザリンド』では、レスリングの試合に勝って帰宅した若者は兄の家に入れてもらえず、ドアを蹴破って中へ入り、執事アダム・スペンサーのとりなしで兄と仲直りをするものの、その後、柱に縛られて食事を与えられないなどの虐待を受けて逃亡する。

いや、御子息でもない。大旦那様の御子息とは
言えやしない――とにかく、その人が、
あなたの評判を聞きつけ、今晩、
あなたがお休みになる小屋をあなたもろとも
焼き払うおつもりです。[※3] それに失敗したら、
ほかの方法であなたの命を狙うでしょう。
計画を練っているのを立ち聞きしたのです。
ここにいてはいけない。ここにいたら殺される。
おぞましいところだ。絶対に入ってはいけません。

オーランドー　だけど、アダム、どこへ行けと言うんだ？

アダム　どこでも構いません。ここでなければ。

オーランドー　物乞《ものご》いをして食べていけというのか。
それとも、卑怯《ひきょう》で無法な剣を振り回し、
道で追いはぎでもして暮らせというのか。
それぐらいしか、僕には思いつかない。だが、
どんなことになろうと、そんなことはしたくない。
それくらいなら、血を分けた兄弟の
残酷な悪意にかかって血を流したい。

アダム　いけません。ここに五百クラウン[※4]ございます。

※3　ロッジの原作より。

※4　金貨の単位。四クラウンが一ポンドだったので、百二十五ポンドに相当。オックスフォード版とアーデン3の注によれば、当時の召し使いは年収二ポンドほどであり、執事であれば四ポンドまでの年収があり得た。食事と住居は提供されるので、まるまる貯金したとして、三十年分から六十年分の給金ということになる。アダムが一生かけて貯めた金と考えてよいだろう。オーランドーが父から譲り受けた遺産一千クラウンの半額であり、大金である。
　また、これだけ集めると一・二五キログラムから一・五キログラムほどになるという。

大旦那様に仕えていたときに倹約して貯めたお金です。
年老いて手足がきかなくなり、
老いぼれてどこかへ捨てられたときのために
老後の蓄えとするつもりでおりました。
これをお持ちください。烏に餌を与える神様は、
雀も生きていけるようにしてくださいますし※1、
私の老後も見守ってくれましょう。さあ、お金を。
全部差し上げます。私にお伴させてください。
年寄りに見えますが、まだ達者です。
若い頃にかっとなってむら気を起こすような
酒を飲んだりしませんでしたし、
厚顔無恥に女を口説いて、
この体を消耗することもありませんでした※2。
ですから、老いてはいても、元気な冬、
霜はおりても快適です。連れて行って下さい。
もっと若い召し使いがするように、
何でもお世話を致します。

オーランドー　ああ、善良な老人よ。古き時代の
忠実な奉公の良さが、おまえを見るとよくわかる。

※1　新約聖書「ルカによる福音書」第十二章第二十四節「烏（からす）のことを考えてみなさい。種も蒔かず、刈り入れもせず、納屋も倉も持たない。だが、神は烏を養ってくださる」参照。「ルカによる福音書」第十二章第六節「五羽の雀が二アサリオンで売られているではないか。だが、その一羽さえ、神がお忘れになるようなことはない」参照。「マタイによる福音書」第十章第二十九節「二羽の雀が一アサリオンで売られているではないか。だが、その一羽さえ、あなたがたの父のお許しがなければ、地に落ちることはない」参照。
※2　当時、射精によって体が弱るとされた。

報酬のためでなく、尽くそうとして働くのだ。
おまえは今のご時世には向いていないな。
今は、誰もが自分のためにだけ働き、しかも、
少し楽ができるようになると、それまでの仕事を
やめてしまう。おまえは、そうではない。
だが、申し訳ないが、おまえが世話しようと
しているのは、花も咲かない腐った木なのだ。
どんなに骨折って世話してくれても無駄だ。
それでもまあ、来るがいい。一緒に行こう。
おまえが若い頃貯めた給金を使い果たさないうちに、〔◇〕
落ちつくことにしよう、満足できるつましい家《うち》に。[※3]〔◇〕

アダム　どうぞお先にお行きください。あとを追います。[※4]〔◆〕
最後の息を引き取るまで、誠心誠意お仕えします。〔◆〕
十七[※5]のときから八十になろうという今に至るまで、〔△〕
ここに住んでいたが、もはやこれまで。〔△〕
運をつかみたいと思うのは、十七歳なら当然の憧《あこが》れだ。〔▲〕
だが、八十では何をするにも手遅れだ。〔▲〕
ただ、まっとうな死に方をして、旦那様に迷惑をかけない〔▽〕
そんな終わり方ができるなら、こんな幸せはない。〔▽〕

※3　spent と content で韻を踏む二行連句。これにより場面は一旦締め括られており、ここでオーランドーは先に退場するのだろう。一人残ったアダムは、八行の英雄詩体で歌い上げる。この場の最後に「一同退場」とト書きがあるのは、オーランドーがすっかり退場せずに、アダムを待っているからかもしれない。

※4　Master, go on and I will follow thee. オーランドーを先に行かせる台詞と解釈した。それまで you と敬意を籠めて呼びかけていたのに、ここは thee となっているのは、オーランドーが立ち去ったためか。

※5　Fでは「七十」となっている。

一同退場。

第二幕　第四場

ギャニミードに変装したロザリンド、エイリエーナに変装したシーリア、道化タッチストーン[※1]登場。

ロザリンド　ああ、ジュピター、気分は最高だわ[※2]！

道化　気分なんてどうでもいいよ、この足が疲れてなきゃ。

ロザリンド　この男の恰好《かっこう》に恥をかかせて、女みたいに悲鳴をあげたいけど、私は弱き器を慰める男。ダブレット[※3]とズボンはペチコートに勇気を示さなきゃ。だから――がんばれ、エイリエーナ！

シーリア　お願い、待って。もう歩けない。

道化　歩けないなんて悪い冗談だろ。おいらを騙《だま》して担がないでおくれよ。おいらもあんたをこの背中に担いだりしないからさ。おんぶなんて、おっかねえこと言いっこなしだよ。どうせあんたの財布のなかにゃ、おっ金がねえんだろ。

ロザリンド　さあ、アーデンの森に着いた。

※1　タッチストーンの名はここで初めて言及される。

※2　Fでは O *Iupiter*, how merry are my spirits?
　このmerry（陽気な）は一六九四〜五年にフランスのドゥエーで筆写された原稿でweary（疲れた）となっており、wearyと訂正するシボルドの校訂（一七三三）に従う現代版が多い。但し、ニューケンブリッジ版はFのままmerryとし、ロザリンドは逆境を楽しんでいるか皮肉を言っていると解釈する。Fに基づいて訳した。

※3　十七世紀まで男子が着用した上着。フランス語ではプールポワン。袖つきで、詰め物をし、胴体にぴたりとしていた。

道化　アーデンに、着いてますます阿呆《あほう》なり。宮廷にいたときはましだった。旅人は、足れりを知るが道理なり。

コリンとシルヴィアス登場。


ロザリンド　そうだな、タッチストーン。お、誰か来たぞ。若者と老人が深刻に話してる。

コリン　それじゃ、いつまでたっても馬鹿にされるだけだ。

シルヴィアス　ああ、コリン、僕がどんなに恋してるかわかってもらえたらなあ。

コリン　わしだって恋したことはあるから、わからんでもないさ。

シルヴィアス　いや、コリン。年寄りのおまえにわかるはずがない。

たとえ若い頃に本気で恋して、
夜中に枕に溜《た》め息《いき》をついたとしても、
僕のような恋をしたというなら――

そこまで恋をしたやつはいないと思うけど――

恋ゆえにどれほどたくさんの
馬鹿なことをしでかしたっていうんだ？

コリン　あんまり多すぎて忘れちまったよ。

シルヴィアス　それじゃ、心から恋したことにはならないよ。

恋ゆえにやらかしてしまった愚行を
一つでも思い出せないなら、そりゃ

恋したうちに入らない。※1
今の僕のように、好きな女《ひと》を褒めあげて
相手をうんざりさせなけりゃ、
恋したうちに入らない。
恋のつらさゆえ突然に
話し相手から逃げ出さなきゃ
恋したうちに入らない。
ああ、フィービー※2、フィービー、フィービー！

シルヴィアス退場。

ロザリンド　可哀想な羊飼い。おまえの傷に
触れたゆえ、自分の傷に気がついた※3。

道化　おいらもだ。女に惚《ほ》れたとき、石に斬りかかって剣をだめにして、愛《いと》しのジェイン・スマイルのところへ夜忍んでくるやつはこうしてやると叫んだもんだ。あの子の可愛いあかぎれの手が触れた洗濯板や雌牛の乳首にキスしたもんだ。エンドウ豆の莢《さや》をあの子に見立てて口説いて、そこから豆を二つ、莢に戻して、涙ながらに言ったもんだ。「これをおいらだと思って身につけてくれ」ってね※4。本気で恋するやつぁ、へんてこなことをするもんさ。だけど、生きとし生けるものは死ぬ定め。そして、恋するやつは、

※1　Thou hast not loved.　ブランク・ヴァース二行のあとに弱強二回の短い行がくるというパターンが三回繰り返される。牧歌的恋愛詩の様式性が過剰に強調されている。

※2　Phebe　月、貞節、狩猟の女神であるアルテミス（ダイアナ）の異名。

※3　弱強五歩格で押韻しないブランク・ヴァースはここまで。次の道化の台詞は散文。

※4　莢入りエンドウ豆は、愛の印として女性に贈られた。豊穣、子宝の象徴でもあった。また、莢（peascod）のなかに二つの豆（two cods）を残すというくだりは、男性の股袋（codpiece）との音の類似から二つの睾丸を連想させる。

死ぬほど馬鹿をやる定め。

ロザリンド　なかなか鋭いことを言うね。おまえ、自分じゃ気づいちゃいないだろうけど。

道化　うん。鋭いもので自分を傷つけたりしないよ※5。

ロザリンド　ああ、ジュピター、羊飼いの恋熱く、〔▼〕千々《ちぢ》に乱れしこの胸を衝《つ》く。※6〔▼〕

道化　おいらの胸も。ずっと昔の恋だけど。

シーリア　頼むから、あなたたちのどちらか、あの人に聞いて。何か食べるものを売ってくれないかって。もう死にそう。

道化　おい、そこの、阿呆※7！

ロザリンド　しぃ、阿呆。おまえの親類じゃないよ。

コリン　誰だい？

道化　おまえよりはましな者だ。

コリン　でなきゃ、可哀想な人たちだ。

ロザリンド　〔道化に〕黙ってなさいって。――こんにちは。

コリン　こんにちは、旦那《だんな》※8。こんにちは、皆さん。

ロザリンド　お願いだ、こんなわびしい場所でも、どこか食事のできる家があったら案内してくれないか。

※5　原文は「自分の才気を蹴っ飛ばして向う脛を怪我しないかぎり、自分の才気に気がつかない／気をつけようとは思わない」。「阿呆は賢者の前に三脚を置いて、賢者は転んで向う脛を怪我させる」という当時の諺に基づいた表現。

※6　韻律は三歩格と短いがpassionとfashionで韻を踏む。

※7　clown「田舎者」の意味だが、道化（阿呆）の意味にもなる。次の台詞(Peace, fool)とのつながりを重視して訳した。

※8　gentle sir　ロザリンドの男装が効果を発揮した最初の瞬間。たいていの公演では、ここでロザリンドは気をよくして、さらに男っぽく振る舞う。

親切に甘えず、金を払ってもいい。
この若い娘は、旅に疲れ果て、
倒れそうなんだ。

コリン　そいつはお気の毒に。
自分のためでなく、その娘さんのためにも、
お力になれるだけの身分だったらよかったんだが。
生憎《あいにく》、わしはほかの人に仕える羊飼いでして、
わしが毛を刈る羊も自分のものじゃない。※1
主人はけちくさい性分で、
人助けをして天国へ行こうなんて気は
さらさら持ち合わせちゃいない。※2
それに、主人の家も、羊も、牧場も、
売りに出されていまして、わしらの羊小屋にも、
主人が留守ゆえ、召しあがって頂けるようなもんは
何もございません。でも、あるものはお見せしましょう。〔◎〕
わしとしては心から歓迎致しましょう。〔◎〕※3

ロザリンド　その羊と牧場は誰が買うんだい？

コリン　さっきまでここにいたあの若い羊飼いです。
今は、それどころじゃなくなっちまってますが。

※1　地主が小作人の畑や共有地として使われていた土地を囲い込んで牧場とした「囲い込み」は、十六世紀のイングランドで問題化した。耕地を奪われた農民は貧窮し、賃金労働者化した。弱者救済のため一六〇一年に救貧法が施行される。

※2　旧約聖書「サムエル記上」第二十五章、羊三千匹、山羊千匹を持っていたナバルという男が、ダビデから祝福とともに「お手もとにあるものを僕（しもべ）たちと、あなたの子ダビデにお分けください」と求められたときに拒絶した話を参照。

※3　seeとbeで押韻する二行連句。コリンの長台詞を終了する修辞。

ロザリンド　では頼みがある。さしつかえなければ、
その家と牧場と羊をおまえが買ってくれないか。
代金は我々が出すから。※4
シーリア　お給金もよくするわ。ここ、すてき。
ここなら楽しくすごせそう。
コリン　売りに出ていることは確かです。※5
一緒にいらしてください。この土地と収益と
ここの暮らしをご説明します。お気に召したら、
わしは皆さんの羊飼いとなりましょう。〔○〕
そして今すぐここを買い取りましょう。〔○〕

一同退場。

第二幕　第五場

エイミアンズ、ジェイクィズ、そのほか※6登場。

エイミアンズ　（歌う）木陰で一緒に、寝転ぶ幸せ。※7〔●〕
歌え、小鳥と、声を合わせ。〔●〕

※4　アーデン3は「シルヴィアスが買おうとしていた小屋をロザリンドが買い取ってしまうことは、宮廷による田舎の簒奪のようなもの」と注記する。

※5　Assuredly the thing is to be sold.「まちがいなしに、売りに出ているはずですよ」と阿部知二は訳したが、「はい、大丈夫、買はれますとも」（坪内逍遙訳）を最初の例として、「大丈夫、買へますとも」（福田恆存訳）に類する解釈が多くなされてきた。

※6　第二幕第一場のト書き同様、「そのほか」とは「森人のような恰好をした貴族」。

※7　Fには誰が歌うかの指定はないが、エイミアンズが歌うと考えられる。

来たれ、ここへ、来たれ。
ここに敵はいない　冬がつらいだけ。

ジェイクィズ　もっと。もっと歌ってくれ。
エイミアンズ　聞けば憂鬱《ゆううつ》になるだけですよ、ムッシュ・ジェイクィズ。
ジェイクィズ　そいつぁ、いいじゃないか。もっとやってくれたまえ。歌を聴いていると、イタチが卵を吸うように、歌から憂鬱が吸い出せるんだ。さあ、もっとやってくれ。
エイミアンズ　私の声はしゃがれていて、お楽しみ頂けないかもしれません。
ジェイクィズ　楽しませてくれとは言っておらん。歌ってくれと言ってるんだ。さあさあ、もう一《いち》スタンツォ。イタリア語でスタンツォって言うんだろ？
エイミアンズ　お好きなように、ムッシュ・ジェイクィズ。
ジェイクィズ　まあ、何て呼んでもいいや。呼べば応《こた》えるわけじゃなし。歌ってくれるのか。
エイミアンズ　では、気のりはしませんが、お求めに応じて。
ジェイクィズ　礼を言うよ。滅多《めった》に礼なんか言わない私だがね。だけど礼なんてのは、二頭のヒヒが頭を下げ合うようなものだ。誰かにしきりに礼なんかされると、はした金しかやらなかったのに、へいこらしやがってって思っちまうよ。さあ、歌え。歌わないやつは黙ってろ。
エイミアンズ　では、今の歌を最後まで歌いましょう。そのあいだに、みんなで食卓の用意をしてください。公爵はこの木の下で一杯おやりになるんです。〔ジェイクィズに〕公爵は一日中あなたをお捜しでしたよ。
ジェイクィズ　こっちは一日中公爵を避けてたんだ。ああしょっちゅう議論を吹っかけられちや、やってられないからね。私だって公爵と同じくらいあれこれ考えるが、天に感謝するだけでひけらかしたりはしない。さあ、さえずってくれ。

エイミアンズ※1　（歌う）野心を捨て　森に暮らそう。〔□〕
自給自足で　心満たそう。〔□〕

一同　（歌う）来たれ、ここへ、来たれ。
ここに敵はいない　冬がつらいだけ。

ジェイクィズ　今のメロディーに合わせた替え唄《うた》の歌詞を教えてやろう。昨日ついつい思いついちまったんだ。

エイミアンズ　私が歌いましょう。

ジェイクィズ　〔紙を手渡して〕これだ。※2

エイミアンズ　（歌う）何かのはずみで　馬鹿になったら〔■〕
意地を張って、財産も捨てたら〔■〕
ダクダミ　ダクダミ　ダクダミ。
ここに利口はいない　いるのは馬鹿だけ。
（歌うのをやめて）この「ダクダミ」ってのは何です？

ジェイクィズ　ギリシャ語のまじないだ。こいつを唱えると、馬鹿どもが寄ってきて輪になるんだ。※3 さて、寝に行くかな。眠れなきゃ、古代エジプト以来の長男という長男を罵《ののし》ってやる。

※1　Fには「歌。ここはみんなで」とある。アーデン2と3は、「ここはみんなで」は、「来たれ」以下の繰り返し部分への指示であり、歌い出しはエイミアンズのみと解釈する。その解釈に従った。

※2　Fではエイミアンズの台詞となっているが、どの現代版でもジェイクィズの台詞としている。アーデン3は「エイミアンズに紙を渡す」というト書きを加えている。次の四行をジェイクィズに与える現代版が多いが、Fにその指示はない。

※3　このとき、歌詞が書かれた紙を覗き込んでみんなが輪になっており、この台詞を聞いてはめられたと気づいて散るという演出が伝統的。

エイミアンズ　私は公爵を捜してきます。食事の用意ができたので。

一同退場。

第二幕　第六場

オーランドーとアダム登場。

アダム　旦那様、もう歩けません。ああ、飢え死にします。ここで横になり、自分の墓の大きさを計ります。さようなら、優しい旦那様。

オーランドー　どうした、アダム？　しっかりしないか。もう少し生きろ、もう少しがんばれ。元気を出せ。この見知らぬ森に獣がいるなら、僕はそいつに食われないかぎり、そいつを捕まえておまえに食べさせてやる。死にそうだなんて気のせいだ。僕のために元気を出してくれ。死を遠ざけろ。すぐに戻ってくるから。僕が何も食べ物を持ってこなかったら、そのときは死んでもいい。だけど、僕が戻ってくる前に死んだりしたら、おまえは僕の苦労を馬鹿にしたことになるんだからな。その調子だ。にっこりしてくれたね。すぐに戻ってくるから。だけど、ここは吹きさらしだな。さあ、少し陰になるところまで運んでやろう。いいか。この森に生き物がいるなら、必ず飢え死にはさせないからな。元気を出せ、アダム。

一同退場。

第二幕　第七場

公爵兄、エイミアンズ、森人ないし無頼漢の恰好《かっこう》をした貴族たち登場。

公爵兄　獣にでも変わってしまったのではないか。
やつらしい人間の姿がどこにも見当たらないということは。

貴族一　閣下。今の今までここにいたんです。
ついさっきまで楽しく歌を聞いておりました。

公爵兄　あの調子っぱずれの男が音楽的になるとは、
天上の音楽※1の調子が乱れる日も近いな。
やつを捜せ。私が会いたがっていると言え。

ジェイクィズ登場。

貴族一　捜す手間が省けました。ご登場です。

公爵兄　どうした、ムッシュ、何という世の中だ、
哀れな友が君とのお付き合いを願わねばならぬとは！
おや、愉快そうじゃないか。

※1　当時はプトレマイオスの天動説が信じられており、地球の周りを回る天体が人間の耳には聞こえない「天体の音楽」（*musica mundana, musica universalis*）を奏でるというピタゴラスの説が広く信じられていた。『ヴェニスの商人』第五幕第一場でロレンゾーはジェシカに次のように言う――「どんな小さな天体も、動きながら、天使のように歌っている、幼い目をした天使ケルビムたちと声を合わせて。そうした調べは、神や天使たちには聞こえるが、この腐敗する泥の体をまとう我々には聞こえないのだ」。『ペリクリーズ』第五幕第一場、『テンペスト』第三幕第三場も参照のこと。

ジェイクィズ　阿呆《あほう》です。阿呆。森に阿呆がいたんです。
まだら服※1を着た阿呆だ——みじめな世の中です。※2
物を食って生きているこの命にかけて、阿呆に会ったんです。
やっこさんは日向《ひなた》ぼっこをして、
運命の女神をこっぴどく罵《ののし》っていました。
まだら服の阿呆のくせにこっぴどく。
「おはよう、阿呆」と言うと、「よしてくれ。
妻を娶《めと》る運に恵まれるまでは阿呆と呼ぶな」※3
そう言うと、ポケットから日時計を取り出して、
どんよりとした目でそれを見つめ、
賢くもこう言いました。「今は十時だ。
こうして世界は進んでいく。
つい一時間前は九時だった。
もう一時間経てば十一時だ。
かくして刻一刻と人は熟し、
刻一刻と人は腐っていく。
そこにこそ問題がある」。まだら服の阿呆が
こんなふうに時について教訓を垂れるのを聞いて、
わが胸はおんどりのように時をつくる声をあげました。

※1 motley　宮廷道化師の衣裳。
※2　直前の公爵兄の台詞からわかるように、愉快そうに言われる台詞である。森にまで阿呆がいるようでは、「世界じゅうどこもかしこも阿呆だらけだ」と言いたいのだろう。公爵兄の「何という世の中だ」への返答だとする説もある。
※3　Call me not fool till heaven hath sent me fortune.「神は愚者に運を与える」という諺が十六世紀中頃にあった。「ついていない自分は愚者でない」と解釈できるが、ここは、結婚すれば、寝取られ亭主にされても気づかない阿呆になるという意味で言われていると解釈した。

阿呆がかくも深い瞑想《めいそう》に耽《ふけ》っているのを見て、
私はとめどなく、[※4]やつの日時計で計れば
一時間は笑ったでしょう。ああ、気高い阿呆！
立派な阿呆！　皆まだら服を着るべきです。

公爵兄　何者だ、その阿呆は？

ジェイクィズ　立派な阿呆です。かつては宮廷に仕えており、
「若くてきれいな貴婦人は、自分の魅力を
身重《みおも》って自覚する」[※5]なんて申します。
脳味噌《のうみそ》は船旅の残りのビスケットのように
干からびていますが、意外な話題を
いろいろと知っておりまして、それを
脈絡なく吐き出します。ああ、阿呆になりたい！
まだら服を着てみたいものです。

公爵兄　一着進呈しよう。[※6]

ジェイクィズ　その服こそわが幸福。[※7]
ただし、お考えのなかにはびこっている、
私が利口者だなどという雑草のような考えは
根こそぎ抜き取って頂きたい。私はその服を着て、
風のように自由気ままに、誰であろうと

※4　sans intermission　フランス語のsans（without）が用いられ、ジェイクィズの気どりが示される。62ページ注1参照。

※5　if ladies be but young and fair / They have the gift to know it.　「貴婦人が若くて美しいなら、それを知る才能がある」。性的なジョーク。「知る」には「男を知る」の意味がある。

※6　ジェイクィズをyouと呼んでいた公爵兄は、ここでthouを使う。不快を示し、召し使い扱いをしている。

※7　It is my only suit.　「それは私の唯一の願いです」と「それだけが私の服です」の両方の意味が籠められている。訳では「服」と「幸福」で遊んだ。

こきおろす自由が欲しい。阿呆のように。
私が馬鹿を言って最も傷つくやつこそ、
大笑いするはずだ。なぜ、そうなるか。
その理由は教会へ行く道のように明白だ。
阿呆がうまく仕留めたやつは、
痛いところを突かれたくせに
何のことかと白を切る※1。切らなきゃ、
阿呆がでたらめに突っついただけで、
利口者の愚行があばかれてしまう。
私にまだら服を着せてください。
好きなことを言って、穢《けが》れた世間の
汚《きたな》い体をきれいにしてみせましょう。
私の苦い薬を我慢して飲んでくれるなら。

公爵兄　馬鹿を言うな！　おまえのしたいことはわかっている。

ジェイクィズ　何でしょう、私のしたいのはよいことです。

公爵兄　人の罪をとがめるという、悪意ある偽善だ。
おまえ自身が獣じみた情欲に突き動かされた
放蕩《ほうとう》者であったではないか。なのに、
やりたい放題やった挙句、その身にこしらえた

※1　Hee, that a Foole doth very wisely hit, / Doth very foolishly, although he smart, / Seem senseless of the bob.　最終行の seem を Not to seem としたシボルドの校訂を踏襲するアーデン2と3、オックスフォード版、ペンギン版に従う。その場合「道化がとても上手に射当てた矢で傷ついた者は、たとえ傷が痛んでも、当たらなかった振りをしなければ、愚かに振舞うことになる」という意味になる。ニューケンブリッジ版は If he seem と校訂し、「たとえ道化の言ったことで傷ついても、道化が鋭いことを言ったとわかった様子を見せないと愚か者に見えてしまう」と解釈する。

瘡《かさ》だの、膿《う》みただれた害毒だのを
世間一般に吐き散らそうというのだろう。
ジェイクィズ　しかし、欲望の罪を責めたって、
特定の個人を責めることにはならんでしょう？
欲望は大海原の波のようにふくれあがるが、
その大元《おおもと》が枯渇すればしぼんでしまう。
都会の女は分不相応にも王女のような
衣裳《いしょう》を身につけていやがると言ったら、
都会のどの女を責めたことになりますか。
どの女が自分のことだと名乗り出るでしょう。
あちこちそんな女だらけなのに？
あるいは、身分の卑しい者が、自分のことを
言われたと思って、「俺の晴れ着は
おまえに買ってもらったわけじゃない」
なんて言ってきたら、まさに私の思うつぼ。
そこです！　そこなんです！　いいですか。
私の言葉でなぜそいつが傷つくか。もし痛いところを
突かれたなら、悪いのは本人だ。でなければ、
私の非難は誰も傷つけず、雁《かり》のように※2

※2　「雁（野鴨）追い」(wild goose chase)という表現があり、十九世紀以降現代まで「追いかけても無駄なものを追いかけること」の意味で用いられているが、シェイクスピアの時代は、馬の走り方を指し、先頭を走る馬が自在にコースを変えると後続の馬たちがそのあとを、雁が編隊を崩さずに飛ぶように、追っていく走り方を意味した。ここでは自由自在に向きを変えて飛んでいく雁への言及と解釈した。『ロミオとジュリエット』第二幕第四場やジョン・フレッチャーの喜劇 *The Wild-Goose Chase*（一六二一）では、知恵比べで相手のリードについて行くことを意味している。

とんでもないところを飛んでいくだけ。誰だ、あれは？

オーランドー〔が抜き身の剣を手にして〕登場。

オーランドー　動くな。何も食うな。

ジェイクィズ　まだ何も食っちゃいない。

オーランドー　そのまま食うな。こっちの用がすむまで。

ジェイクィズ　この雄鶏※1は、どっから来たんだ？

公爵兄　このような暴挙に出たのは、飢えているからか。
それとも、礼儀作法など知らぬ田舎者か。
なぜきちんと振る舞うことができんのだ？

オーランドー　最初のほうが正解だ。ひどい困窮の
棘《とげ》に刺されて、穏やかに振る舞っては
いられなくなった。しかし、これでも都会育ちだ。
少しは教養もある。だが、動くな。
こちらの要求に応《こた》えてもらうまで、
その果物に触れた者は殺す。

ジェイクィズ　葡萄《ぶどう》を一粒どう？　あ、殺される。※2

公爵兄　何が欲しいんだ？　無理強いするのでなく、
穏やかに頼むなら、こちらも穏やかに応えよう。

※1　cock　いばっていることへの言及であろう。特に闘鶏（cock-fighting）は、当時の余興の一つだった。

※2　An you will not be answered with reason, I must die.　恐らくブドウに手を伸ばしながら、フランス語でブドウ（raisin）と理由（raison）の発音が似ていることにひっかけて洒落たのであろう。文頭のAnはifの意味。「もしreasonをもって答えても君が受け容れないなら、私は死ぬしかない」となる。この行のみ散文であり、前後の韻文とは調子が違っている。

なお、ブドウ／理由の洒落は、『ヘンリー四世』第一部第二幕第五場でもフォルスタッフが使っている。

オーランドー　飢え死にしそうなんだ。食べさせてくれ。
公爵兄　座って食べるがいい。歓迎しよう。
オーランドー　そんな優しい言葉を？　お赦しください。
森では何もかも野蛮なのかと思い、
つい声高に乱暴な態度に
出てしまいました。ですが、
こんな人里離れた森の中、昼なお暗い
木の陰で、忍び来る時の流れを
やりすごしている皆さんが何者であれ、
もしかつてよい暮らしをしたことがあるなら、
もしかつて教会の鐘を聞いたことがあるなら、
もしかつて立派なご馳走《ちそう》に招かれたことがあるなら、
もしかつてその目から涙をぬぐったことがあるなら、※3
そして憐《あわれ》む気持ち、同情される気持ちをご存じなら、
その優しさにおすがりして、希望を託し、
顔を赤らめて、この剣を納めます。
公爵兄　確かに我らはかつてよい暮らしをしていた。
聖なる教会の鐘の音《ね》を聞いて、※4
ご馳走に招かれ、清らかな同情から流した

※3　ここまでの四行は、各行の文頭がIf everで始まる首句反復（anaphora）となっており、礼拝の祈禱文を思わせる。
　これに対し、公爵兄も様式性のある表現で応え、ジェイクィズの名台詞への道を整える。
※4　教会の鐘は、結婚式、葬儀、新年、クリスマスの祝日などに鳴らされた。
　ニューケンブリッジ版は、死んだ者の魂を煉獄から救うために鳴らす「聖なる鐘の音」がプロテスタントによって非難されたことへ言及している。ひょっとするとここにはカトリック的な発想があるのかもしれない。本作がカトリック寄りであることについては、87ページ注3参照。

涙をぬぐったこともある。だから、
どうぞ穏やかにお座りなさい。そして、
どうやったら君を助けることができるのか、
我らになんなりと言うがよい。

オーランドー　では、今しばらく食事をお待ちください。
雌鹿のように、子鹿を連れて来て食べさせて
やりたいのです。心から私のことを思うあまり
足をひきずってつらい旅をしてきた
哀れな老人がいるのです。飢えと老いという
二つに苦しんでいるその人に食べてもらうのが先。
それまで私は一口も手をつけません。

公爵兄　連れて来なさい。
戻ってくるまで、何も食べずに待っているから。

オーランドー　ありがとうございます。神の祝福を！　〔退場。〕

公爵兄　見ろ、不幸せなのは、我らに限った
ことではない。この広大な劇場では、
我らが演じている場面より遥《はる》かに悲惨な芝居が
演じられているのだ。

ジェイクィズ　この世はすべて舞台。※1

※1　All the world's a stage　古代ギリシャのストア派の哲学者エピクテトスの時代からあった世界劇場（*theatrum mundi*）の概念に基づく。一五九九年夏にオープンしたグローブ座の標語 *Totus mundus agit histrionem*（全世界は役者として動きまわっている）にも表される。『ヴェニスの商人』第一幕第一場「〔世界〕は舞台、その上で人は誰しも、それぞれ役を演じなくてはならぬ」、『マクベス』第五幕第五場「人生は歩く影法師。哀れな役者だ」、『リア王』第四幕第六場「人間、生まれるときに泣くのはな、この大いなる阿呆の舞台に上がってしまったからなのだ」参照。

男も女もみな役者に過ぎぬ。
退場があって、登場があって、
一人が自分の出番にいろいろな役を演じる。
その幕は七つの時代から成っている。※2最初は赤ちゃん。
乳母に抱かれて、泣いたり、もどしたり。
それから泣き虫児童。かばんをさげて、
輝く朝の顔をして、かたつむりのように
しぶしぶ学校に通う。※3それから恋人、
熱く燃える溜《た》め息《いき》ついて、嘆きのバラードを
愛《いと》しい女の眉《まゆ》に捧《ささ》げる。それから兵士。
妙な啖呵《たんか》を並べ立て、豹《ひょう》のような鬚《ひげ》生やし、
名誉を求めて、喧嘩《けんか》っ早《ぱや》く、
はかなき名声求めるあまり、
大砲に向かって突撃する。それから判事。
鶏肉※4つまった太鼓腹。ギロリと睨《にら》んで、
髭《ひげ》ピンとさせ、ちょいと賢い格言と、
月並みな判例並べ立てりゃ、それだけで
役が務まる。六つ目の時代は、
スリッパを履いた痩《や》せた老いぼれ。

※2　人生は普通「幼年、青年、中年、老年」の四段階から、十段階ぐらいにまで分けられることがあるが、七段階に分けられることが多い。最初に七段階に分けたのは古代ギリシャのヒポクラテスだと言う。ここでは「幼年、少年、青年、壮年、中年、老年、認知症」に相当する。

※3　シェイクスピアが通ったグラマースクールに相当。朝は六時ないし七時に登校し、九時まで授業。パンと薄いエールの朝食のあと十一時まで授業。帰宅して昼食を摂り、一時から午後の授業。七歳から十四、五歳まで日曜以外毎日通った。

※4　capon　「鶏肉」のみならず「賄賂」の意味もある。

鼻には眼鏡、腰には巾着《きんちゃく》、
大事にとっておいた若い頃のタイツは、
しなびた脚にぶかぶかで、男らしかった大声も、
甲高い子供の声に逆戻り、ヒューヒューと
笛のように鳴るばかり。そして最後の大詰め、
この波乱に富んだ不思議な歴史の締めくくりは、
二度目の幼児期、完全なる忘却、
歯もなく、目もなく、味もなく、何もなし。※1

オーランドーとアダム登場。

公爵兄　お帰り。その老いた荷物を降ろして※2
食べさせてやりなさい。

オーランドー　老人に代わって礼を言います。※3

アダム　そうしてください。
自分でお礼を申し上げる気力もない。

公爵兄　よく来た。食べてくれ。何があったのかと
尋ねて邪魔することもやめておこう。
音楽を頼む。エイミアンズ、歌ってくれ。

エイミアンズ　（歌う）吹けよ、吹け、木枯らし、〔＊〕

※1　Sans teeth, sans eyes, sans taste, sans everything.　55ページ注4参照。sans はフランス語。『恋の骨折り損』など他の作品でもこの語は用いられている。

※2　この台詞からアダムがおんぶされていることがわかる。シェイクスピアの親戚（一説に弟ギルバート）が老年になってから、シェイクスピアが舞台上で他の役者に背負われているのを見たことがあると言ったという話が伝わっており、そこからシェイクスピアがアダムを演じたのではないかという伝説が生まれた。

※3　この行を前の行でなく次の行とシェアード・ラインとする現代版もある。

つらくはない、冬の暮らし、〔＊〕
冬は優しいだけ[※4]。〔※〕
おまえの牙《きば》は痛くはない。〔☆〕
刺さるのは、心ない〔☆〕
恩知らずだけ。〔※〕
ヘイホー！[※5]　歌え、ヘイホー、緑のヒイラギ！[※6]〔★〕
友情は嘘っぱち、愛にも揺らぎ。〔★〕
それ、万歳、ヒイラギ！〔★〕
人生に安らぎ。〔★〕

凍れよ、冬の空、凍れ。〔◇〕
友に忘られ、心は折れ、〔◇〕
胸が、凍える。〔◆〕
冬の棘は痛くはない。〔△〕
それよりも心ない〔△〕
裏切りがこたえる[※7]。〔◆〕
ヘイホー！　歌え、ヘイホー、緑のヒイラギ！〔▲〕
友情は嘘っぱち、愛にも揺らぎ。〔▲〕
それ、万歳、ヒイラギ！〔▲〕

※4　直訳すれば「人の忘恩ほどおまえは情け知らずではない」。

※5　Heigh-ho　エリザベス朝時代には憂鬱を表す表現として使われることもあったが、ここでは陽気さを示している。現代版では、その違いを明確にするためにHey-hoという綴りに替えることが多い。おそらく海事用語から来た語であろうとされている。

※6　常緑のヒイラギ(holly)は「神聖な」(holy)と同音であるためにクリスマスで装飾に用いられるが、古代から冬の祝祭で用いられてきた。folly, jollyとの押韻がある。

※7　歌詞の内容は、弟に裏切られた公爵兄が第二幕第一場で述べている内容に相応しい。

人生に安らぎ。〔▲〕

公爵兄　もし君があのサー・ローランの息子であるなら、
——今、君はそうだと誠実に話してくれたし、
この私の目も、君の顔にあの人の面影を
はっきりと認めることができるが——
心から歓迎しよう。私は、君の父上を
大切に思っていた公爵だ。※1 残りの身の上話は、
私の洞穴《ほらあな》へ来て話してくれないか。ご老体、
ご主人同様、あなたも歓迎しましょう。※2
腕を支えてやりたまえ。※3 どうぞ手を。〔▽〕
そして、教えてくれ、これまでの経緯《いきさつ》のすべてを。〔▽※4〕

一同退場。

※1　追放されても自分はまだ公爵だと自覚している。34ページ注1参照。

※2　アダムはこれを最後に登場しなくなる。アーデン3は、アダムを演じた役者（シェイクスピア？）は後の場面でウィリアム及び婚姻の神ヒュメナイオスを演じた可能性を提案しているが、二十五歳のウィリアムの役は若い役者が演じるべきであろう。役名と役者名が同一であることに意味はない。アダム／コリン／ヒュメナイオスを同一役者が演じたと考えるのが自然だろう。

※3　家来たちに向けて言う。

※4　hand と under-stand の二行連句によって第二幕全体が締め括られる。

第三幕　第一場

フレデリック公爵、貴族たち、オリヴァー登場。

公爵　それきり見ていないだと？[※5]　おいおい、馬鹿を言うな。
私が情け深い男でよかったと思え。そうでなければ、
ここにいない相手の代わりに、目の前にいる
おまえに恨みを晴らすところだぞ。いいか、
おまえの弟がどこにいようと、必ず見つけ出せ。
草の根分けても[※6]捜し出し、生きていようと
死んでいようと、一年以内に連れてこい。
さもないと、おまえはわが領土から追放だ。
おまえの土地も、おまえが自分の物だと
思っているものも、すべて没収だ。
おまえに対する嫌疑が、弟の口によって
晴らされるまではな。

オリヴァー　ああ、この胸の内をわかって頂けたら！

※5　場面は第二幕第二場の続き。この台詞は、連れてこられたオリヴァーに向かって言われる。
　一旦場面が森に切り替わったのちに挿入される短い宮廷の場面。舞台装置の入れ替えをせずに言葉だけで瞬時に場所が移動できるエリザベス朝演劇ならではの展開である。
　十九世紀には美しい森の舞台装置が導入され、場面展開に長い時間がかかり、この場面はカットされることがあった。しかし、この場面がカットされると、オリヴァーが森のなかへ弟を捜しに行く理由がわからなくなる。

※6　with candle「蠟燭で照らして」という表現だが、意味は「徹底的に」。

私は弟を愛したことなどないのです。

公爵　なおさらけしからん。こいつを叩《たた》き出せ。
そして、こいつの家と土地を
差し押さえるように役人に命じろ。
直ちに行え。こいつは追放だ。

一同退場。

第三幕　第二場

オーランドー登場。

オーランドー　わが恋の詩《うた》よ、ここにかかりて咲かせよ、花を。※1 〔▼〕
夜の女王※2よ、澄みわたる天空より、見そなわせ、〔◎〕
そなたに従う、わが女狩人《おんなかりうど》※3の名を。〔▼〕
　その人に命委《ゆだ》ねし、この身の幸せ。〔◎〕
ああ、ロザリンド。この木々こそ、わが手帳。〔○〕
　その幹に、いざや刻まん、わが慕情。〔●〕
森に住むあらゆる者の目に見しょう、〔○〕

※1　直訳すれば、「ここにかかっていろ、わが詩よ、わが恋の証として」。三行目と韻を踏ませるために「花」を導入した。オーランドーは ababcdcdee と韻を踏む十行詩を語る。
※2　原文には「三つの王冠を戴く」とある。天空にいる月の女神ルーナ（ギリシャ神話のセレネ、ポイベーに相当、後者の英語読みはフィービー）が、地上のダイアナ（ギリシャ神話の純潔と狩猟の女神アルテミスに相当、別名シンシア）、及び冥界の女神プロセルピナ（ギリシャ神話のヘカテ、ペルセポネーに相当）という別の姿を持つことを指す。
※3　ロザリンドを狩猟の女神ダイアナに仕えるニンフに譬える。

随所にあの人の美徳の証《あかし》を。これぞわが恋情《れんじょう》。〔●〕
走れ、オーランドー、あらゆる木々に刻んで走れ。〔□〕
森よ、筆舌《ひつぜつ》に尽くせぬ、清く美しいあの人を知れ。〔□〕

退場。

※4　ニューケンブリッジ版はここから第三幕第三場としている。Fでは、場面は分割されていない。

コリンと道化〔タッチストーン〕登場。※4

コリン　それで、この羊飼いの暮らしは気に入ったかね、タッチストーンの旦那《だんな》？

道化　そうだな、羊飼いのじいさん、それ自体としては、いい暮らしだが、羊飼いの暮らしだから、つまらない。人づきあいがないのは大いに気に入っているが、世間と離れているのはまずいね。自然が広がっているのはとてもいいが、宮廷でないのは退屈だ。つつましいのは、おいらの性分に合ってるが、満腹できないのは、おいらの腹に合わない。じいさん、あんた、何か哲学があるかい？

コリン　わしが知っとるのは、まあ、せいぜいこんなことぐらいかな。病気は重くなればなるほどつらい。金と力と満足のないやつには、いい友だちが三人いないってことだ。雨の性質は濡《ぬ》れることで、火は燃える。いい牧場だと羊が肥えて、夜になる最大の原因は、太陽がなくなるため。生まれつき頭が悪く、勉強もできないやつは、いい教育が受けられなかったと文句を言うか、たいした家柄じゃないんだ。

道化　こういうのを天然の哲学者って言うんだろうなあ。じいさん、宮廷にいたことはあるかい？

コリン　いやいや。
道化　じゃ、地獄落ちだな。
コリン　やめてくださいよ。
道化　地獄落ちまちがいないよ。黄身《きみ》が偏《かたよ》って固まっちまった卵みたいに最悪だぞ。気味が悪い。
コリン　宮廷にいなかっただけでですか？　その理由《わけ》は？
道化　だって、宮廷にいなきゃ、ちゃんとした礼儀作法を知らない。ちゃんとした礼儀作法を知らなきゃ、振る舞い方をまちがえ、まちがいは罪であり、その罪で地獄落ちだ。じいさん、危ないところに立ってるぞ。
コリン　とんでもない、タッチストーンさん。宮廷の礼儀なんて、田舎じゃ馬鹿馬鹿しいもんです。田舎のやり方が宮廷で馬鹿にされるようなもんだ。宮廷じゃ挨拶《あいさつ》するとき相手の手にキスするそうだが、羊飼いに言わせりゃ、そんなのは不潔だね。
道化　証明してみろ、簡潔に。さあ、証明しろ。
コリン　だってわしらはいつも羊を触《さわ》っていて、手がべとべとしとる。
道化　宮廷人の手だって汗でべとついている。羊の脂《あぶら》は人間の汗より不潔だとでも言うのかい。浅い、知恵が浅いね。もっとちゃんとした理由を言いな――さあ。
コリン　それに、わしらの手は、がさついとる。
道化　そのほうが、唇に触れたときわかりやすい。やっぱり浅いぜ。もっとまともな理由を言いな。

コリン　羊の傷に塗ってやるタールで手が汚れてることがある。タールにキスしたくはないだろ。宮廷人の手にはシベットとかいう香水を塗るそうじゃないか。
道化　まったく浅い男だな。立派な図体《ずうたい》をしてるのに、ウジ虫の餌でしかないのか。賢者からよおく学んでおけ。いいか、シベットっていうのは、タールより生まれが卑しいんだ。猫の肛門《こうもん》から採れる不潔な分泌物で作るんだから。やり直しだ、じいさん。
コリン　あんたの宮廷風の知恵にはかなわんよ。降参だ。
道化　地獄落ちを認めるのか。神よ、この浅い男をお助けください。神がおまえさんの出来具合を試しに針を刺したら、中味は生だな。
コリン　旦那、わしゃ労働者だ。食うものは自分で稼ぎ、着るものも自分で手に入れる。人の恨みは買わず、人の幸せもうらやまない。人にいいことがありゃ喜び、自分に悪いことがありゃ我慢する。何より嬉《うれ》しいのは、自分の羊が草を食って、子羊が乳を吸うのを見ることだ。
道化　そいつもおまえさんの愚かな罪だ。羊を番《つが》わせて、その性行為によって生計を立ててるんだから。首に鈴ぶらさげた羊の親分に雌を世話したり、年端もいかない若い雌を騙《だま》して、女房に逃げられて角ひんまがった老いぼれととんでもない縁組をさせるんだろ。そんなことをして地獄落ちにならなかったら、地獄のほうで羊飼いはお断りだってんだろうな。でなきゃ地獄に落ちないいわけがわからない。
コリン　おや、ギャニミードの旦那がいらした。わしが新しくお仕えするお嬢様のお兄さんだ。

ロザリンド登場。

ロザリンド　〔読む〕「東の果てから西のインド、〔■〕
　輝く宝石、ロザリンド。〔■〕
噂を聞くよ、二度三度、〔■〕
　みんなが知ってるロザリンド。〔■〕
比べてみるなら、ダイヤモンド、〔■〕
　それより貴重なロザリンド。〔■〕
誰より優れた好感度〔■〕
　きれいなお顔のロザリンド。」〔■〕

道化　そんな調子でいいなら、八年間ぶっつづけて韻を踏んでやるよ。昼飯と晩飯と寝る時間は別としてね。まるでバター売りのねえちゃんたちが、ぞろぞろ馬に乗って市場へ繰り出すようなだらけた調子じゃないか。

ロザリンド　黙れ、阿呆《あほう》！

道化　たとえば、こんな感じ。
募集中です、ガールフレンド、〔■〕
　差し上げましょう、ロザリンド。〔■〕
盛りのついた猫なんど〔■〕
　よりもお盛ん、ロザリンド。〔■〕
寒い冬だと低いよ、温度。〔■〕
温めましょう、ロザリンド。〔■〕

熟れて食べ頃、いい鮮度。〔■〕
つまんでみたいな、ロザリンド。〔■〕
かたくておいしい、アーモンド。〔■〕
ガードはかたいよ、ロザリンド。〔■〕
薔薇《ばら》に棘[※1]あり、ロザリンド。〔■〕
刺せば抜群、いい感度。〔■〕

こういうのをシッチャカメッチャカ調っていうんだ。何でこんな病気にかかったんだい？

ロザリンド　黙ってろよ、阿呆。木にかかってたんだよ。

道化　とんでもない実《み》の生《な》る木だな。

ロザリンド　その木にボケナスを、つまり、おまえ[※2]を接ぎ木しようか。それからミカンでも接ぎ木しよう。おまえの言うことは無ミカン燥だから。

道化　そうきたか。今の駄洒落《だじゃれ》がうまいかどうかは、森に判断してもらおうか。

シーリア登場。

ロザリンド　しっ。妹が来た。何か読んでる。隠れて聞いていよう。

シーリア　〔読む〕「などてこの地に人の絶え、〔※〕

※1　love's prick　「恋の棘」と訳せるが、男性性器の意味も籠められている。オックスフォード版が指摘するように、タッチストーンの作詞は全体的に性的なものとなっており、最後の二行でそれが頂点に達する。

※2　原文は「おまえ」(you) と植物の「イチイ」(yew) の言葉遊びがあり、さらに梨の一種の「カリン」(medlar) と「余計な口を出す人」(meddler) との言葉遊びがある。カリンは完熟して腐る直前ぐらいが食べ頃であり、「おまえは半分も熟さないうちに腐るだろう」と言っている。「カリン」は俗語で「娼婦」を意味し、その形は女性性器を連想させた。

侘《わび》しき森にぞ、成り果つる。〔＊〕
われ、この木々に舌、与え、〔※〕
　言《こと》の葉、響かせ奉《たてまつ》る。※1〔＊〕
たとえば、人の命のはかなさ、いかに〔☆〕
　さまよう旅路がどうなりと、〔★〕
指を広げたそのなかに※2〔☆〕
　人生収まる短さなりと。〔★〕
たとえば時に、友と交わした〔◇〕
　誓いもなりうる、取り消しに。〔◆〕
されど、優しき枝の下、〔◇〕
　そして言葉の端々《はしばし》に、〔◆〕
「ロザリンド」と、我《われ》記して、〔△〕
　読む人の心に光を点《とも》す。〔▲〕
その人こそ、天があらゆる精霊の粋《すい》を凝らして、〔△〕
　作られし全《まった》き小宇宙《ミクロコスモス》。※3〔▲〕
それゆえ神は自然に命じたり、〔▽〕
　あらゆる美徳を一身に〔▼〕
詰め込めと。されば集めたり、〔▽〕
　自然の神は、一心に、〔▼〕

※1　ababと押韻する四行連が七回繰り返されて二行連句で終わる三十行詩。

※2　the stretching of a span　旧約聖書「詩篇」第三十九章六節「与えられたこの生涯は僅か、手の幅ほどのもの」に基づく。Spanは手の親指と小指を広げた、その幅。

※3　The quintessence of every sprite / Heaven would in little show.「あらゆる精霊の粋を、天は小さな体に示す」の意。ロザリンドの肉体を小宇宙と捉え、そこには大宇宙（全世界）にあるべきすべてが詰まっていると考えている。人間という小宇宙が広大な大宇宙と呼応するとするのは、新プラトン主義の考え方。

浮気心なしのヘレネ※4の美貌《びぼう》を、〔◎〕
　クレオパトラの威風堂々を、〔○〕
アタランテー※5の敏捷《びんしょう》を、〔◎〕
　ルクレティア※6の貞操を。〔○〕
かくてロザリンドこそ、まことに〔●〕
　神々が力集め、渾身《こんしん》、〔□〕
数多《あまた》ある顔《かんばせ》、瞳《ひとみ》、心をもとに、〔●〕
　選《え》りすぐり以《も》て作りし美の化身。〔□〕
天はこれらの美徳をかの女《ひと》に授《さず》く。〔■〕
　我は僕《しもべ》として、その女《ひと》に傅《かしず》く。〔■〕

ロザリンド　ああ、立派なジュピターよ。なんて退屈な愛の説教を聞かせるんだ。しかも「ご辛抱願います」とも言わないで！

シーリア　あら？　立ち聞きしてたのね。羊飼いさん、ちょっとあっちへ行ってて。おまえも行くのよ、ほら。

道化　行こう、じいさん。名誉の退却だ。ほら、早くしないと叱られるぞ、あのしかつめらしい、しかめ面に。

〔道化タッチストーンとコリン〕退場。

シーリア　今の詩、聞いた？

ロザリンド　ええ、すっかり。と言うか、それ以上。だって、字余

※4　ギリシャ神話に登場する絶世の美女。メネラーオスの妻であったが、トロイアの王子パリスに魅了され、トロイア戦争の起因となった。英名ヘレン。

※5　ギリシャ神話に登場する女狩人。求婚者らに結婚の条件として彼女との競走に勝つことを課し、負けた者は殺されるとした。

※6　英語発音はルークリース（ルクリーシア）、イタリア語ではルクレツィア。貴族コラティヌスの妻。紀元前五〇九年に、王政ローマ最後の王の末子タルクィニウスに凌辱され、自害した。これを機に王家は追放され、ローマは共和政となったと言われる。シェイクスピアの詩『ルークリースの凌辱』参照。

りのところが多いんだもの。
シーリア　そんなのいいんじゃない。韻は踏んでるわ。
ロザリンド　踏まれたせいで足を引きずってるのね。ぎくしゃくと。
シーリア　それより、あなたの名前があちこちの木にかかってたり、刻まれたりしてて、びっくりしなかった？
ロザリンド　驚きは九日続くって言うけど、あなたが来たとき、すでに七日分は驚いてたわね。ほら、これ、棕櫚《しゅろ》の樹に見つけたの。こんなふうに詩に歌われたことなんて、私、ピタゴラスの時代以来ないわよ。前世はネズミで、しょっチュー歌われてたのかもしれないけど、よく覚えてないのでありマウス。
シーリア　ねえ、これ、誰が書いたんだと思う？
ロザリンド　男の人？
シーリア　あなたのネックレスを首にかけた人。あ、顔色が変わった。
ロザリンド　ねえ、誰のこと？
シーリア　ああ、神様、神様。山なんて地震でもあればすぐに動くけど、人ってなかなか巡り会えないものねえ。
ロザリンド　ねえ、誰なの？
シーリア　ありえないわぁ。
ロザリンド　ねえ、ほんとに。一生のお願い。誰だか教えて。
シーリア　ああ、驚いた、驚いた、ほんとに驚いて驚いて、もひとつ驚いて、もうびっくりよ。

ロザリンド　ちょっと、これでも私は女よ！　男の恰好《かっこう》をしてるからって、心までズボンはいてるわけじゃないわ。あと少しでも焦《じ》らされたら、南洋のながあい船旅に出たみたいに気が狂いそうになる。お願い、誰なのか、すぐに言って、早く。どもって言ってくれたらいいわ。そしたら、細い瓶の口からお酒を注《つ》ぐときみたいに、あなたの口からその謎の男性がなかなか出てこないか、どっと出てくるかのどっちかでしょ。ね、その口のコルクを抜いて、あなたの知らせを私に飲ませて。

シーリア　そして、相手の男性をおなかに収める気？

ロザリンド　神様がお造りになった人？　どんな人？　帽子が似合う？　お鬚《ひげ》が似合う人？

シーリア　ううん。お鬚はあんまり生えてない。

ロザリンド　きっと、神様がもっと生やしてくださるわ、その方に感謝の気持ちがあれば。でも、鬚が生えるのはあとでもいいわ、誰の顎《あご》に生えるのか、あなたがすぐ教えてくれるなら。

シーリア　あのレスラーをやっつけて、あなたの心をあっという間に組みふせてしまった、あの若者、オーランドーよ。

ロザリンド　いやだ、からかわないで。まじめに、ほんとのことを言って。

シーリア　ほんとに、あの人なのよ。

ロザリンド　オーランドー？

シーリア　オーランドー。

ロザリンド　ああ、どうしよう？　私、ズボンなんかはいて！　あなたが見たとき、あの人、何してた？　何て言ってた？　どんな様子だった？　どこへ行こうとしてたの？　どうしてこんなとこにいるの？　私のこと聞いた？　どこに住んでるの？　どうやって別れたの？　いつまた会うの？　答えて、ひと言で。

シーリア　それには、巨人ガルガンチュアの口を借りなくちゃだめね。並みの大きさの口じゃ、到底無理よ。一つ一つに「はい」とか「いいえ」とか答えるだけでも教義問答より大変だわ。

ロザリンド　だけど、あの人、私がこの森にいて、男の恰好してるってご存じなの？　レスリングをしたあのときみたいに爽《さわ》やかでいらした？

シーリア　恋する者の質問に答えるより、塵《ちり》の数を数えるほうが楽ね。どんなふうに見つけたか教えてあげるから、よおくお聴きなさい。あの人は木の下にいました。落ちたどんぐりみたいに。

ロザリンド　そんな実を落とす木だからジュピターの木っていうのね、オークは。

シーリア　聴きなさい、お嬢さん。

ロザリンド　はい。

シーリア　そこに負傷した騎士のように横になっていました。

ロザリンド　可哀想だけど、大地は幸せね。

シーリア　「黙れ」って、その舌に言いなさい。はしゃぎすぎ。あの人は狩人《かりうど》の姿をしていました。

ロザリンド　まあ、こわい。私の心を射抜こうというんだわ。

シーリア　合いの手は要りません。こっちの調子が狂っちゃう。

ロザリンド　私が女だってわからないの？　思ったことは口に出るのよ。ああごめん、続けて。

オーランドーとジェイクィズ登場。

シーリア　言おうとしてたこと忘れちゃったわ。しっ、あの人じゃない？

ロザリンド　あの人だわ。隠れて、様子を見ましょ。

〔シーリアとロザリンドは脇へどく。〕

ジェイクィズ　お付き合いくださって、ありがとうございました。ですが、一人にしておいてくださったほうがありがたかった。

オーランドー　僕もです。ですが、礼儀上、お付き合い頂いたお礼を申します。

ジェイクィズ　さようなら。またいずれ、会わないようにしましょう。

オーランドー　今後ともお見知りおきのなきよう。

ジェイクィズ　今後は、恋歌《こいうた》なんぞを貼りつけて樹皮《じゅひ》を傷つけないように願いますよ。

オーランドー　僕の歌を下手に読んで、歌を傷つけないように願います。

ジェイクィズ　「ロザリンド」でしたかな、あなたの恋人？

オーランドー　ええ、そうです。

ジェイクィズ　気に入らん名前だ。

オーランドー　名前をつけたとき、あなたのお気に召すようにとは考えなかったんでしょう。

ジェイクィズ　背の高さは？

オーランドー　このときめく胸のあたり。

ジェイクィズ　うまいことを言う。金細工師の女房たちとお知り合いかな。指輪に刻まれた文句をずいぶんご存じのようだが。

オーランドー　いえ。安物の壁掛けにある文句ですよ。あなたのご質問もその手の安物でしょう？

ジェイクィズ　なかなか頭の回転が速いじゃないか。駿足《しゅんそく》アタランテーも顔負けの速さだ。一緒にここに座って、世間を非難し、われらの不運を大いに嘆きませんか。

オーランドー　世間で非難したいのは、欠点だらけの自分のみです。

ジェイクィズ　君の最大の欠点は、恋をしていることだ。

オーランドー　その欠点は、あなたの一番の美徳と引き換えでも手放しません。もうあなたにはうんざりだ。

ジェイクィズ　実は、あなたとお会いしたとき、阿呆《あほう》を捜していたのです。

オーランドー　阿呆は川で溺《おぼ》れてますよ。覗《のぞ》いてごらんなさい。見つかります。

ジェイクィズ　川を覗けば、自分が映ってるんじゃないか。

オーランドー　それこそが阿呆でしょう。でなきゃ、あなたは姿さえ映らない空っぽだ。

ジェイクィズ　もうお暇《いとま》しよう。さようなら、シニョール・ラヴ。

オーランドー　お別れできて何よりです。さようなら、ムッシュ・メランコリー。

ジェイクィズ退場。

ロザリンド　私、話しかけてみる。生意気なお小姓のふりをして、からかうの。やあ、狩人君。

オーランドー　どうも。何かご用ですか。

ロザリンド　今何時かな。
オーランドー　一日のいつぐらいかと訊《き》いてくれなければ。森に時計はないからね。
ロザリンド　では、この森には本当に恋をしている人間はいないことになる。毎分溜《た》め息《いき》をつき、毎時間うめく恋人は、時計と同じようにのろい時の歩みを刻むはずだからね。
オーランドー　どうして速《すみ》やかな時の流れと言わないんです。そのほうが適切でしょう。
ロザリンド　そんなことはない。時は人によって違った流れ方をする。教えてあげようか、時が誰にとって並歩《なみあし》で、誰にとって速歩《はやあし》で、誰にとって駆歩《かけあし》で、誰にとって静止か。
オーランドー　じゃ教えてもらおう、誰にとって速歩か。
ロザリンド　そりゃ、婚約してから挙式までのあいだの若い娘さ。速歩ってのは馬が上下に揺れてなかなかきついからね。あたふたしちまって、七日《なのか》が七年にも思えるのさ。
オーランドー　並歩というのは？
ロザリンド　ラテン語を知らない司祭、それから痛風持ちじゃない金持ちだ。前者は勉強したくてもできないからよく眠るし、後者は痛みを知らないから楽しく生きる。前者はつまらない学問をせずにすむし、後者はつらい貧乏の重荷に耐えずともすむ。そういう人にとって時はのんびり進む。
オーランドー　駆歩なのは？
ロザリンド　処刑台に進む泥棒さ。どんなにゆっくり進もうとしても、あっという間と思うだろ？
オーランドー　時が止まってしまうのは？

ロザリンド　休暇中の弁護士。裁判と裁判のあいだは寝ちまって、時間が経ったことに気づかない。
オーランドー　可愛い人だね。どこに住んでるの？
ロザリンド　この羊飼い、僕の妹なんだけど、こいつと一緒に森のはずれに住んでるんだ。ペチコートで言えば、縁飾《ふちかざ》りの辺りだな。
オーランドー　この土地の生まれかい？
ロザリンド　そこにいるウサギと一緒さ。生まれたところに住んでいる。
オーランドー　君の言葉遣《づか》いは、こんな田舎暮らしでは身につかない洗練されたものだ。
ロザリンド　よくそう言われるよ。実は、隠遁《いんとん》生活を送っている年老いた伯父《おじ》から話し方を教わったんだ。若い頃に宮仕えをした人でね、行儀作法を完璧《かんぺき》にマスターしたんだが、宮廷で恋に落ちてしまった。恋なんてするもんじゃないとよく説教されたよ。いやあ、ほんと僕、女じゃなくてよかったなあ。伯父さんが女全般にあると非難したとんでもない罪の数々とは無縁ですむからね。
オーランドー　伯父さんが女の罪として非難したのは何だい。主なものを覚えているかい。
ロザリンド　主なものなんてないさ。コインみたいに似たりよったりだ。別のが目に入るまでは、それが一番とんでもない罪に思える。
オーランドー　いくつか教えてくれないか。
ロザリンド　だめだ。僕の処方箋《しょほうせん》は、病人にしか出せない。この森に、うちの木々を傷つけて、「ロザリンド」と彫りつけたり、サンザシに歌をぶらさげたり、野薔薇《のばら》に恋の詩をくっつけたりしてるやつがいる。どれも、ロザリンドの名前を称《たた》えているんだが、そのおかしなやつに出会ったら、ちょうどいい忠告をしてやろうと思うんだ。どうやら恋をしているようだからね。

オーランドー　その恋患《こいわずら》いの男は僕なんだ。君の治療法とやらを教えてくれよ。

ロザリンド　君には、伯父さんが言ってた兆候が見られないな。恋してるかどうかすぐ見分けられる方法を教えてもらったんだけど、どうも君は恋の病にはとりつかれてないみたいだ。

オーランドー　その兆候というのは？

ロザリンド　頬がこける。君はこけてない。目が落ちくぼむ。落ちくぼんでない。ふさぎこむ。ふさぎこんでない。無精鬚《ひげ》を生やす。君は生やしてない。でもまあ、まだ若いから、しょうがないね。弟に財産が与えられないようなもんだ。それから靴下留めが外れ、帽子のリボンも外れ、袖《そで》のボタンがとれ、靴紐《くつひも》が外れ、あちこちだらしなくなる。ところが、君はそうじゃない。むしろピシッと決めてる。まるで誰かを愛してるより、自分を愛してるみたいに。

オーランドー　美しい人。僕が愛していることをぜひとも君に信じてほしい。

ロザリンド　僕に信じてだって？　それより、君が愛してる女性に信じさせたほうがよかないか。請け合ってもいい、すぐに信じるよ、信じますって告白しなくてもね。信じてるくせにそう言わないところが、女の嘘つきなところさ。だけど、ほんとに君が、ロザリンドを称えた詩を木につけまくった人なのかい？

オーランドー　誓うよ。ロザリンドの白い手にかけて。僕がその哀れな男さ。

ロザリンド　だけど、君が韻を踏んで表したほど、それほどその子に夢中なのかい。

オーランドー　理屈でも韻でも、僕の恋は表せない。

ロザリンド　恋とは狂気。だから、暗室に閉じ込めて鞭《むち》でひっぱたくべきなんだ、狂人みたいに。恋してもそんな罰を受けない理由は、この狂気があまりにもありふれていて、鞭打つ人さえ恋しちまってるからだ。でも、僕なら、治してあげられるよ。マンツーマンで。

オーランドー　そうやって誰か治したことあるのかい？

ロザリンド　うん、一人ね。こんなふうにして。僕を、そいつの彼女だと思わせたんだ。そして、毎日僕を口説かせた。僕は、気まぐれな娘を演じて、悲しんでみせたり、女っぽく振舞ったり、ふいと気を変えたり、焦がれたり、好きになったり、お高くとまったり、移り気になったり、馬鹿をやったり、軽薄な真似をしたり、不実だったり、どっと泣いたり、にっこり笑ったりしてやった。どの感情もある程度は本当なんだけど、どれも本気じゃない。女子供なんて所詮《しょせん》そんなもんだろ。好きだと言ったかと思えば、嫌いだとぬかしやがる。ご機嫌をとってくれるかと思えば、悪態をつく。泣きつくかと思えば、唾《つば》をはく。僕もそんなふうにしてやって、僕を口説いた男を恋の狂気から本物の狂気へと追いやった。つまり、そいつは世間から身を引いて隠遁生活を始めちまった。そうやって治療してやったんだ。感情は肝臓に宿るというけど、この手を使って、君の肝臓も羊の心臓から血を抜くみたいにしてきれいにしてやろうか。恋のしみなんか一点も残らないように。

オーランドー　治してほしいとは思わない。

ロザリンド　治してあげたい。僕をロザリンドと呼んで、毎日僕の小屋へ来て口説いてほしい。

オーランドー　そうしよう、わが恋の真実にかけて。どこへ行けばいいんだい。

ロザリンド ついてきて。教えてあげる。ところで、君はこの森のどこに住んでるのか教えてくれなきゃ。来る？

オーランドー 行くよ、喜んで、君。

ロザリンド あら、ロザリンドと呼んでくれなきゃだめ、だよ。さあ、妹、行こうか。

一同退場。

第三幕 第三場

道化〔タッチストーン〕とオードリー、〔そのあとから〕ジェイクィズ登場。

道化 おいで、オードリー。羊なら、おいらがあとで連れて来てやるよ。どうだい、オードリー？ もう俺をこの人と決めたのかい？ 俺の素朴な容姿が気に入ったかい？

オードリー ヨウシ？ あらやだ、ヨウシって何？

道化 おいらが、おまえやおまえの山羊《やぎ》すなわちゴートと一緒にいるのは、立派な詩人オウィディウスが、野蛮なゴート族と一緒にいるようなもんだな。

ジェイクィズ ああ、知識が住む場所をまちがえている。ジュピターが藁葺《わらぶ》き小屋に住むようなものだ。

道化 自分の詩が人に理解してもらえなかったり、気の利いたことを言っても、理解力というませた子供に応《こた》えてもらえなかったりすると、小さな部屋で莫大《ばくだい》な請求書をもらうよりも死んだ気になるね。※1　まったく、神様がおまえを詩的にしてくれたらよかったんだが。

オードリー　シテキってなあに？　言うこともやることもちゃんとしてるってこと？　嘘がないってこと？

道化　いや、そうじゃない。本物の詩は嘘だらけだし、恋人は詩を書くものだからね。詩のなかで真実とされることは、恋人同様、嘘っぱちってわけだ。

オードリー　なのに、あたいがシテキだとよかったって言うの？

道化　そうだよ。だって、おまえ、貞淑だって誓うだろ。もしおまえが詩人なら、そいつは嘘なんじゃないかって希望が持てる。

オードリー　あたいが貞淑じゃないほうがいいの？

道化　そうだよ。おまえがブスだったら話は別だけどね。美人で貞淑だったりしたら、砂糖に蜂蜜《はちみつ》かけるようなもんだろ。

ジェイクィズ　なかなかの阿呆《あほう》だ。

オードリー　あたい、美人じゃないから、貞淑でありますようにってお祈りするんだよ。

道化　実際、不細工な尻軽女に貞淑さをくれてやるのは、上等な肉を汚い皿に盛り付けるようなもんだ。

※1　シェイクスピアと同い年でシェイクスピアより先に大活躍をしていた劇作家クリストファー・マーロウが、一五九三年五月三十日午後六時、ロンドン郊外デットフォードにある小さな居酒屋で、勘定書きをめぐる喧嘩がもとで刺殺されたことへの言及か。実は政府のスパイ活動をしていたマーロウが何らかの事情で政府に消された計画的殺人だったらしい。ただし、タッチストーンの台詞は、マーロウ殺害事件とは関係なく、ただ興醒めの例を挙げているにすぎないとも考えられる。アーデン3は、便所で大量の排便をする意味にとる。なお、マーロウへの言及として、95ページ注5参照。

オードリー　あたいは尻軽じゃないよ、神様のお蔭《かげ》で不細工だけど。
道化　おまえを不細工に造った神に感謝しよう。尻軽女なんていつでもなれる。まあ、とにかく、おいらはおまえと結婚するよ。そのために、サー・オリヴァー・マーテクストを呼んだんだ。隣村《となりむら》の牧師さんだ。ここへきてもらって、おいらたちを夫婦《めおと》にしてもらおうと思って。
ジェイクィズ　そいつは見ものだ。
オードリー　えっと、神様が喜びをくださいますように。
道化　アーメン。臆病《おくびよう》者なら躊躇《ちゅうちょ》するだろう。なにしろ、ここには木があるばかりで教会もないし、角を生やした獣以外の参列者もいない。だが、それがなんだ。勇気を出せ。角は嫌なものだが、必要だ。※2 自分の財産の限りを知らぬ者多しというが、そう、立派な角を持っていてもわからないやつが多いんだ。まあ、角っていうのは女房の持参金であって、夫が頑張って手に入れるもんじゃない。角が？　そうさ。貧乏人だけのものか。いやいや。どんなに気高い鹿だって、情けない鹿同様、でかい角を生やしてる。だから独り身のほうが幸せなのか。いや。城壁で囲まれた町のほうが村より立派なように、角を生やした夫の額は、何にもない独身者よりずっと名誉があるってもんだ。身を守るすべがあったほう

※2　エリザベス朝時代、妻に浮気をされて寝取られ亭主になると、額に角が生えるという俗信があった。『オセロー』で、オセローが額が痛むと言うのもそれゆえである。
当時は、結婚をすれば寝取られ亭主になるのは避けられないという強迫観念があり、このタッチストーンの台詞のように、夫になれば誰もが寝取られ亭主になるという発想は珍しくなかった。嫁をもらって初めて一人前という考え方があったため、結婚＝角は必要ということになる。『ウィンザーの陽気な女房たち』『冬物語』『シンベリン』などに表れる妻の不倫への疑いにはこうした時代背景がある。

が、ないよりましなように、角はないよりあったほうがいいんだ。

サー・オリヴァー・マーテクスト登場。

道化　あ、オリヴァー先生だ。ようこそ、オリヴァー・マーテクスト先生。この木の下で早いとこ片付けてくれますか。それとも先生の礼拝堂へ行ったほうがいいですか。

サー・オリヴァー　花嫁を譲り渡す人はおらんのかね。

道化　別に誰かからプレゼントとして譲られるわけじゃないんで。

サー・オリヴァー　譲り渡す父親役がおらんと、結婚は正式なものとなりませんぞ。

ジェイクィズ　〔進み出て〕進めなさい。私がその役を引き受けよう。

道化　こんちは、ムッシュ・ナントカ。ご機嫌いかかで？　よくいらっしゃいました。その節はどうも。お会いできてよかった。ちょいとそのヤボ用がありましてね。いや、帽子をとって挨拶《あいさつ》なんてして頂かなくとも。

ジェイクィズ　結婚しようというのかね、阿呆。

道化　牛には頸木《くびき》、馬には手綱、鷹《たか》には鈴がつきものであるように、男には欲望がありますからね。結婚なんて、鳩がつっつき合うように、いちゃつくだけのことです。

ジェイクィズ　君ほどの育ちの者が、物乞《ものご》いのように茂みのなかで結婚しようっていうのか。教会へ行きたまえ。そして結婚が何であるかを教えてくれるちゃんとした聖職者に式を挙げてもらえ。この男では、羽目板を合わせるようにおまえたちをくっつけるだけだ。一方が反り返ったら、生木みたいに曲がっちまって、ばらばらになるぞ。

道化　おいらとしちゃ、ほかの人じゃなくてこの先生に式を挙げてもらいたいんだがな。ちゃんとした結婚をさせてくれそうにないからね。ちゃんと結婚してなきゃ、女房を捨てるときのいい口実ができると思ったんだ。

ジェイクィズ　ついて来なさい。私の忠告を聞きたまえ。

道化　おいで、オードリー。〔※〕結婚したらやり放題だよ、裸おーどり。※1〔※〕じゃあね、オリヴァー先生。

〔歌う〕愛《いと》しのオリヴァー、※2〔＊〕
　素敵なオリヴァー、〔＊〕
　置いてかないで。〔☆〕

じゃなくて、

〔歌う〕失《う》せろ、おまえ、〔★〕
　消えてしまえ、〔★〕
　おとといおいで。〔☆〕

〔道化タッチストーン、オードリー、ジェイクィズ退場。〕

サー・オリヴァー　かまうものか。あんな気まぐれ連中に馬鹿にされようとも、牧師の仕事を続けるまでだ。※3

退場。

※1　Audrey と bawdry（猥褻）で押韻している。

※2　流行歌「愛しのオリヴァー」の出版権は、一五八四年八月六日に出版業書籍組合に登録された。一番は、女から男（オリヴァー）に向かって「置いてかないで」と歌われ、二番は男から女へのつれない返答になっている。原文の最後は I will not to wedding with thee（俺はおまえと結婚式を挙げない）。

※3　マーテクストには「聖書（テクスト）をだめにする（マー）」という意味がある。一五八八年から翌年にかけて起こった「マープレレット論争」を踏まえて、ピューリタンを揶揄するために作られた人物かもしれない。

第三幕　第四場

ロザリンドとシーリア登場。

ロザリンド　話しかけないで。私、泣くんだから。

シーリア　泣きなさいよ。だけど、涙は男に似合わないって忘れないで。

ロザリンド　だって、これが泣かずにいられる？

シーリア　いられない。だから泣きなさい。

ロザリンド　あの人の髪の色からして、嘘っぽい※1。

シーリア　ユダの赤毛よりは茶色いんじゃない？　まあ、あの人のキスは、キリストを裏切ったユダのキス※2と同じでしょうね。

ロザリンド　ほんとは、あの人の髪の毛はいい色よ。

シーリア　すばらしい色よねえ。髪の毛は栗色に限るわ。

ロザリンド　それに、あの人のキスは、聖体拝領のパンが唇に触れるくらい神聖。

シーリア　あの人、きっと処女神ダイアナの貞節な唇※3でも手に入れ

※1　「彼の髪からして人を騙す色をしている」が原意。イエス・キリストの十二使徒の一人で、キリストを裏切ったイスカリオテのユダの赤毛に似ているという意味であろう。

※2　ユダはユダヤ祭司長から銀貨三十枚を受け取る条件で、「私が接吻するのがその人だ。それを捕まえろ」と教えた。最後の晩餐の翌日、ゲツセマネの園でユダはキリストにキスをし、キリストは捕らえられた。

※3　cast lips of Diana　castという語に「捨てられた」「貞節な」「鋳型にはめられて造られた」の意味が籠められて言葉遊びになっている。最後は、女神ダイアナ像のイメージより。

たのね。冬の修道院の尼さんだって、あれほど神聖なキスはしない。氷のような貞節さ。
ロザリンド　だけど、どうして今朝来るって誓いながら、来ないの？
シーリア　あの人に、まことがないからです。
ロザリンド　そう思う？
シーリア　ええ。そりゃ、あの人はスリや馬泥棒じゃないけれど、恋のまことについて言えば、蓋《ふた》つきの杯《さかずき》か、虫に食われた胡桃《くるみ》と一緒、中身はからっぽなのよ。
ロザリンド　恋のまことがないの？
シーリア　あるかもしれない、恋をしていればね。でも、あの人、恋をしてないと思う。
ロザリンド　あの人が恋してるって誓うの、あの時あなたも聞いたでしょ。
シーリア　あの時はあの時、今は今。それに、恋人の誓いなんて、酒場の給仕の計算といい勝負よ。どっちも嘘が混じってる。あの人、この森であなたのお父様の公爵にお仕えしてるんですってね。
ロザリンド　昨日、公爵に会って、いろいろ話したわ。私の親のことを尋ねられたから、公爵様と同じぐらい立派ですって申し上げたら、笑って帰してくれた。だけど、なんで父の話なんて持ち出すの、オーランドーの話をしてたのよ。
シーリア　ああ、立派なお方よねえ！　立派な詩を書いて、立派な言葉を話し、立派に約束をして、立派にお破りになって、恋人の心を卑怯《ひきょう》な横槍《よこやり》で引き裂くんだもの。馬上槍試合で、だけど、馬の片腹にしか拍車を入れず、槍を折ってしまう腰抜けの下手な騎士もいいところ。だけど、若さが馬に乗り、愚かさが手綱を引くなら、何だって立派なのよ。あら、誰かしら？

コリン登場。

コリン　お嬢様、ご主人様。いつぞや[※1]
わしのそばに座って、実らぬ恋を
嘆いておった羊飼いのことをお訊《たず》ねでしたね。
お高くとまってつんけんした羊飼いの娘に
惚《ほ》れて、褒めちぎってる男です。

シーリア　ええ、それが何か？

コリン　もし、まことの恋の青ざめた顔色と、
それを見下した高慢な軽蔑《けいべつ》の赤ら顔とが演じる
真に迫った芝居をご覧になりたければ[※2]、
この少し先へいらっしゃい。
お見せしましょう。

ロザリンド　よし、案内してくれ、世話になる。〔◇〕
恋する者を目にすれば、恋する心の糧となる。〔◇〕
連れて行ってくれ。この僕もその恋の芝居に〔◆〕
一役買って演じてみたい[※3]、大いに。〔◆〕

一同退場。

※1　ここから弱強五歩格の韻文に変わる。
※2　『夏の夜の夢』第三幕第二場のパックの台詞「おいらが間違えた男も一緒。ヘレナを口説いて汗びっしょ。さ、馬鹿げた芝居を見てみましょ。ほんと、人間って何て馬鹿なんでしょ！」参照。
※3　フィービーとシルヴィアスの演じる恋の芝居に、ギャニミードも「惚れられる男役」として参加することになる。『夏の夜の夢』第三幕第二場のパックの台詞「へえ、芝居をやっているのか！よし、見物してやろう。場合によっては、一役買って出よう」参照。

第三幕　第五場

シルヴィアスとフィービー登場。

シルヴィアス　素敵なフィービー。つれなくしないでおくれよ、
フィービー。僕のことを愛してくれなくても、そんなに
残酷に言わないでおくれ。人の死を見慣れて
心が硬くなっている首切り役人だって、
首を垂れた相手に斧《おの》を振り下ろす前に、
赦《ゆる》せと一言言うもんだ。人の血を流して
生活するやつよりも無慈悲になろうっていうのかい？

ロザリンド、シーリア、コリン登場。※4

フィービー　あんたの死刑執行人なんかになりたかないわ。
あんたを傷つけたくないから、あんたから逃げてるのよ。
あんたは、あたしの目で見られると死んじゃうって言うけど、
何よ、それ。なるほどありそうなことよね、
とても繊細で柔らかいこの目が、

※4　Fのト書き。ここで登場した三人はしばらく黙って様子を見守っている。シーリアに台詞はない。退場時にロザリンドはシーリアにしか呼びかけないので、この時点で案内役のコリンはすぐ退場するのかもしれない。

塵《ちり》が入るのも怖がって門を閉ざすこの目が、
肉切り包丁を持った暴君か人殺しだなんて！
さあ、思いきりあんたのこと睨《にら》んでやるわ。
あたしの目で傷つくなら、死んでごらんなさいよ。
ほら、気絶する振りでもしたら？　さあ、倒れなさいってば！
ほうら、できないじゃない。恥知らず。
あたしの目で死ぬだなんて嘘つかないで。
見せてごらんなさいよ、あたしの目でついた傷を。
針でひっかけば、傷もつくでしょうよ。
藺草《いぐさ》※1に手をついただけでも、
柔らかい掌《てのひら》に草の跡がくっきりと
しばらくは残る。だけど、あたしの目は、
あんたを睨んでも、傷つけたりしない。
そもそも人を傷つける力なんか、目に
あるはずないのよ。※2

シルヴィアス　ああ、愛しいフィービー。
きっと君にもやってくると思うよ、
どこかの若者の頬に恋の力を感じる時が。
そしたら、わかるよ、恋の矢がつける傷は

※1　エリザベス朝時代、舞台上に藺草を敷きつめることがあった。殺人の場面などで血しぶきを飛ばしたあと、藺草をのけてすぐ舞台をきれいにできた。

※2　弱強二回分の短い行。次の弱強二回分の行とシェアード・ラインとすることができる（ペンギン版、ニューケンブリッジ版、アーデン2）。ただ、それでも弱強五回分に足りないため、オックスフォード版とアーデン3は、短い二行としている。その場合、それぞれの行のあとに弱強三回分の間が生じ、ゆっくりとした台詞まわしとなる。
　なお、シェイクスピア自身ソネット一三九番で、恋人の目で傷つく男心を歌っている。

目に見えないって。

フィービー　その時が来るまでは
あたしに近寄らないで。その時が来たら、
「ほらご覧」と馬鹿にして、同情しなきゃいいわ。
それまで、あたしもあんたに同情しないから。

ロザリンド　〔進み出て〕そりゃどうしてだ、君？　いったい君は、
どんな女から生まれてきたんだ？※3　可哀想な男をそんなに
侮辱して勝ち誇るなんて？　何だよ、美人じゃないからって※4
威張るなよ――実際、蠟燭《ろうそく》なしの暗闇じゃなけりゃ、
君のベッドへは行こうとも思わないぜ※5――
その顔でそんなにむごいこと言わなくたっていいだろ？
何だよ、どういうつもりだ？　僕を見つめたりして。
君なんか、自然の女神が安売り用に作った
どこにでもいる女じゃないか。おい、何てこった！
どうやらこの僕の目まで虜《とりこ》にしようって気らしい。
いやいや、プライドの高い娘さん、そりゃ無理だ。
君の真っ黒な眉《まゆ》、その絹の黒髪※6、
その小さな目ん玉、その血色のいい頬で、
僕の心を落として君を崇拝させようたって、そうはいかない。

※3　女性らしい母親から生まれたとは思えない、という意味。
※4　坪内逍遙訳は「よしんば多少標致（きりょう）がいいからって」となっているが、これは no beauty の no を省いたシボルド版に基づくのであろう。ロザリンドは「美人でもないくせにいばるな」ということをひっくり返して皮肉に言っているのである。
※5　ニューケンブリッジ版は「暗闇の中ではどの女も同じ」という意味の諺を引用して注記している。アーデン3は「おまえの美は輝かない」という解釈の可能性も挙げている。
※6　黒い眉、黒髪は、ペトラルカ風恋愛の理想から外れる。理想は金髪に白い肌。

君も馬鹿だな、羊飼い。何だって
湿気を含んだ南風みたいに雨を撒《ま》き散《ち》らして※1
こんな女のあとを追う？　こいつの女ぶりと比べたら、
君の方が一千倍もいい男だ。君のような馬鹿のせいで、
この世には不細工な子供があふれるんだ。
こいつをいい気にさせているのは、鏡じゃなくて君だ。
君のせいで、こいつは自分の顔の出来を棚に上げ、
自分がいい女だと思い込んでいる。
だが、お嬢さん、己《おのれ》を知れ。跪《ひざまず》いて、
いい男に愛されたことを神に感謝しろ。
親切心で、こっそり教えてやるが、売れるときに
売っとけ。君はどこの市場《いちば》でも売れる代物じゃない。
詫《わ》びを入れて、この男を愛し、申し出を受けるのが得策だ。〔△〕
不細工のくせに人を見下すとは、心までもが不細工だ。※2〔△〕
だから、羊飼い、この子の手をとれ。さようなら。

フィービー　素敵な人、どうか一年じゅう、あたしを叱って頂戴《ちょうだい》！
この人に口説かれるより、あんたにずっと叱られていたい。

ロザリンド　こいつは君の不細工さに惚れちまい、〔シルヴィアスに〕この子は僕の怒りに惚れちまった。そういうことなら、この子が君にしかめ面で返事したように、僕もひどい言葉

※1　溜め息を風に、涙を雨に譬えている。

※2　この二行連句によってギャニミードの長台詞は終わる。次の一行は付け足し。

を浴びせてやる。〔フィービーに〕なぜ僕を見るんだ？

フィービー　あんたを憎からず思うから。

ロザリンド　どうか、惚れないでくれ。
僕は嘘だらけだ。※3 酔っ払いの誓いよりもひどい。
それに、君なんか好きじゃない。僕の家を知りたければ、
すぐそこのオリーヴの森にあるさ。※4
行こうか、妹？　羊飼い、頑張って口説け。
さあ、妹。お嬢さん、この男をよく見るんだ。
そしてプライドは捨てろ。目が見えるやつは珍しくない。〔▲〕
だが、君を美人と見まちがえる男はこいつしかいない。〔▲〕
さあ、羊のところへ戻ろう。

〔ロザリンド、シーリア、コリン〕退場。

フィービー　今は亡き詩人よ、※5 やっとわかったわ。〔▽〕
「恋をする者、一目《ひとめ》惚《ぼ》れせざる者なし」ってほんとだったわ。〔▽〕

シルヴィアス　素敵なフィービー――

フィービー　え？　なあに、シルヴィアス？

シルヴィアス　素敵なフィービー、僕を可哀想だと思って。

フィービー　気の毒だとは思うわ、優しいシルヴィアス。

シルヴィアス　悲しみのあるところには、慰めがある。

※3　自分が男装していて実は女性であることへの言及。

※4　ペンギン版、ニューケンブリッジ版、アーデン3は、「僕の家を知りたければ～」という台詞はシルヴィアスに向かって言われるものとしているが、オックスフォード版は、シルヴィアスはギャニミードの住所を知っているので（97ページのシルヴィアスの台詞参照）、この台詞はフィービーに、からかうために言っているのであろうと注記する。

※5　一五九三年に没したクリストファー・マーロウへの言及。その詩『ヒアロウとレアンダー』に、ここで引用されている一目惚れの一節がある。84ページ注1参照。

恋する僕の悲しみを気の毒に思ってくれるなら、
愛しておくれ。そしたら君の気の毒も僕の悲しみも
共に消え果てる。※1

フィービー　愛してあげるわ、お友だちとして。※2

シルヴィアス　君を僕のものにしたい。

フィービー　　あら、それは欲張りよ。※3
シルヴィアス、かつてはあなたを嫌ってた。
でも、あなたが好きになったというわけじゃないけれど、
あなたはとても上手に愛を語ることができるから、
かつてはあなたと一緒にいるといらいらしたけど、
我慢するわ。それに用事を頼んであげてもいい。
だけど、それ以上は何も期待しないで。
用事を頼まれて嬉《うれ》しいと思って満足して。

シルヴィアス　わが愛は神聖にして完全なるがゆえ、
そして、あまりに恵みに餓えているがゆえ、
どんどん刈り入れをする男のあとについて
落ち穂拾い※4をするだけで、大収穫だと
思うだろう。ときどきは微笑みを
こぼしておくれ。それを頼りに生きていく。

※1　弱強二回半の短い行。あとに弱強二回半分の間があく。シルヴィアスは、洗練された修辞を駆使する。
※2　新約聖書「マタイによる福音書」第十九章第十九節及び旧約聖書「レビ記」第十九章第十八節「自分自身を愛するように隣人を愛しなさい」参照。
※3　「強欲」とも訳せる covetousness は七大罪の一つ。
※4　旧約聖書「レビ記」第十九章第九～十節「穀物を収穫するときは、畑の隅まで刈り尽くしてはならない。収穫後の落ち穂を拾い集めてはならない……これらは貧しい者や寄留者のために残しておかねばならない」及び第二十三章第二十二節参照。

フィービー　さっきあたしに話しかけた人、知ってる？
シルヴィアス　よく知らないけど、何度か見かけたことがある。
カーロット※5じいさんが持っていた
土地と小屋を買った人だよ。
フィービー　何もあたし、あの人に惚《ほ》れたわけじゃないのよ。
何よ、あんな生意気な若造。そりゃ、話すのは上手よ。
だけど、言葉が何？　まあ、言葉もいいわね、
話す人が聴く者をうれしがらせてくれるなら。
二枚目だわ――それほどでもないけど、
だけど高慢ちき――でも、つんとしたところが素敵。
立派な一人前の男になるでしょうね。一番いいところは、
あの顔立ち。あの人の舌はひどいことを言って
あたしを傷つけたけど、あの目がすっかり治してくれた。
とても背が高いわけじゃないけど、まだ若いわりには高いわ。※6
脚は、まあまあ。でも、やっぱり素敵。
唇にはかわいらしい赤みがあって、
ほっぺたの赤みよりも少し濃くて華やかな赤。
唇が真紅の薔薇《ばら》なら、頬の方は、
赤と白が混ざったダマスクローズ※7ね。

※5　人名と解釈したが、小作農の意味だとする説もある。アーデン3は、シルヴィアスはフランス語風に「カルロ」と発音したのではないかと推測する。

※6　少年俳優が演じているために、まだこれから背が伸びる若者として理解されている。三行前の台詞も同じ。ロザリンドの背丈については、25ページ注4参照。

※7　ロサ・ダマスケナ。シェイクスピアはソネット百三十番で「赤と白の混じったダマスクの薔薇」という表現をしており、『十二夜』第二幕第四場でもピンクと白が混じった色をイメージしている。本来のダマスクローズの色には、白の混じらない赤もある。

シルヴィアス、今あたしがしたみたいに、
あの人の特徴を一つ一つためつすがめつ吟味したら、
きっと恋に落ちそうになるでしょうけど、あたしは、
惚れたりしない。嫌ったりもしない。だけど、
恋するより嫌う理由の方があるわ。
何だってあたしを叱ったりするの？
あたしの目が黒くて、髪の毛も黒いって言って、
思い出したわ、あたしを馬鹿にしてた。
何だってあたし、言い返してやらなかったんだろ。
でも、いいわ。しなかったからって、認めたことにはならない。※1
あいつに手紙を書いて、思いっきりなじってやる。
そしたら、あんた、届けて。いいわね、シルヴィアス？

シルヴィアス　喜んで、フィービー。

フィービー　すぐ書くわ。
書くことは頭の中でできてるの、とうに。〔▼〕
思いっきり罵《ののし》ってやる、ぶっきらぼうに。〔▼〕※2
いらっしゃい、シルヴィアス。

一同退場。

※1　Omittance is no quittance.　現在は「催促なしは帳消しにあらず」の意味で用いられる。

※2　第三幕全体を締め括る二行連句。最後の一行は退場する際の余計な台詞。

第四幕　第一場

ロザリンド、シーリア、ジェイクィズ登場。

ジェイクィズ　君のようなきれいな若者とは、もっとご昵懇《じっこん》に願いたいものだ。
ロザリンド　あなたは憂鬱《ゆううつ》な方と伺っていますが。
ジェイクィズ　そのとおりだ。笑うより憂鬱になるほうを好むね。
ロザリンド　どちらにしても極端なのは鼻持ちなりません。酔っ払いよりひどい悪口を浴びるのがオチです。
ジェイクィズ　いや、真面目になって黙っているのはいいもんだ。
ロザリンド　それじゃ、柱にでもなればいい。
ジェイクィズ　私の憂鬱は、学者の憂鬱とは違う。あれは人を押しのけようとするものだ。音楽家の空想癖のある憂鬱でもなければ、宮廷人の高慢な憂鬱でもなければ、軍人の野心ある憂鬱でもなければ、ご婦人方の好みがうるさい憂鬱でもなく、これらすべてをひっくるめた恋する者の憂鬱でもない。私独自のものであり、いろいろな要素から成り、さまざまなものから抽出されている。とりわけ、わが旅のあれこれを思い出し、思い巡らしていると、実に気分が落ち込んでくるんだ。

ロザリンド　旅人ですか！　それなら落ち込むのももっともだ。よその国を見るために、自分の土地を売り払った口ですね。※1　見聞《けんぶん》を深めても懐《ふところ》が寂しくなれば、目は肥えても手は貧しい。

ジェイクィズ　そうして私は経験を積んできた。

オーランドー登場。

ロザリンド　その経験のせいで深刻になるわけだ。僕は、道化に楽しませてもらったほうがいいな。経験を積んで深刻になるより。しかもそのために、わざわざ旅までするなんて。

オーランドー　こんにちは、ご機嫌いかが、ロザリンド。

ジェイクィズ　おや、君たちが五・七・五の韻律※2で話をするなら、ここでお別れだ。

ロザリンド　さようなら、ムッシュ旅人※3。どうぞ変なアクセントで話し、変な服を着て、自分の国のいいところを全部無視して、自分の生まれを嫌って、自分は何でこんな顔に生まれたのかと神様に文句を言うといい。さもないと、ヴェニスでゴンドラに乗ったこともないやつだと思いますよ※4。

〔ジェイクィズ退場。〕

あら、なあに、オーランドー？　今までどこにいたの？　それでも恋人？　こんなひどいことするなら、もう二度と私の目の前に

※1　遊学の費用のために自分の土地を売る貴族は多かった。
※2　原文は「ブランク・ヴァース」。アーデン3は「恋人の韻律。それゆえジェイクィズに蔑まれる」と注記する。弱強五歩格で押韻がない韻律。
※3　オックスフォード版は「遅れてきたオーランドーを罰するために、ロザリンドは彼を無視して、ジェイクィズをからかい続ける」と注記する。アーデン2は「オーランドー登場」のト書きの位置を問題にし、オーランドーが登場したのにロザリンドがわざと無視していることを指摘する。
※4　当時ヴェニスを訪れる旅行客が多かった。ヴェニスと言えばゴンドラ。

現れないで!
オーランドー　美しいロザリンド、約束には一時間と遅れちゃいないよ。
ロザリンド　恋人との約束を一時間も破るなんて!　恋のことで一分間の一千分の一のその何分の一かのかけらでも破るようなやつは、キューピッドにぽんと肩を叩《たた》かれただけ。ハートを射抜かれたりなんかしてるもんですか。
オーランドー　赦《ゆる》してくれ、愛《いと》しいロザリンド。
ロザリンド　いいえ、そんなに遅いなら、もう来ないで。カタツムリにでも口説かれたほうがましよ。
オーランドー　カタツムリ?
ロザリンド　そう、カタツムリ。歩みは遅いけど、自分の家を担いでくる。あなたよりもずっといい結婚の条件だわ。それに、自分の運命さえ既に身につけている。
オーランドー　何、それ?
ロザリンド　角《つの》よ。あなたみたいな男の人は、やがて妻のおかげで寝取られ亭主になる。寝取られ亭主は角を生やすって言われてるでしょ。ところがカタツムリは最初っから自分の運命に武装し、妻の不名誉にならないようにしてくれている。
オーランドー　妻が貞淑なら、夫は角を生やさない。そして僕のロザリンドは、貞淑だ。
ロザリンド　そして、あなたのロザリンドは、この私。
シーリア　兄さんをそう呼ぶのはゲームだからね。こちらさんには、兄さんよりずっと美人のロザリンドがいるのよ。

ロザリンド　さあ、口説いて、口説いて。私、今お祭り気分だから、はいと言ってしまいそう。もし私があなたのほんとにほんとのロザリンドだとしたら、なんて言ってくれるの？

オーランドー　何か言う前にまずキスをする。

ロザリンド　だめ。まず何か言わなきゃ。それで話題につまったら、キスして。とても雄弁な話し手は、言葉につまると咳払《せきばら》いをするけど、恋人はそんなことになったら、キスをするのが上手な切り抜け方よ。

オーランドー　キスを嫌がられたら？

ロザリンド　それはあなたに懇願してほしいってこと。そこから新たなゲームが始まるの。

オーランドー　愛する女性を前にして言葉につまるなんてことあるかな？

ロザリンド　そりゃ、つまってくれなきゃ困るわ、私があなたのいい人なら。でないと、女としてつまらない、色気も何もない、身持ちが固いだけの女みたいじゃない？

オーランドー　つまり、僕にシャッポを脱げと？

ロザリンド　服を脱いで、とまでは言わないわ。帽子だけで許してあげる。私、あなたのロザリンドじゃなくって？

オーランドー　君が僕のロザリンドだと言っているのは、あの人のことを話していたいからだ。

ロザリンド　じゃあ、本人の代理として言いますけど、あなたとは結婚しないわ。

オーランドー　そしたら、僕本人としては、死んでしまう。

ロザリンド　だめよ、死ぬのは代理にして。この哀れな世界にはほぼ六千年の歴史があるけど、恋愛沙汰《ざた》で本人が死んだケースなんて一つもない。トロイラスはギリシャ人の棍棒《こんぼう》で殴られて脳味噌《のうみそ》叩《たた》き出されて死んだけど、恋ゆえに死ぬならその前に死んでなきゃならなかった。[※1]なのに、恋人の典型みたいに言われている。レアンドロスは、恋人のヘーローが尼になろうがなるまいが、長生きしたはずよ、あの夏の夜が暑くさえなかったら。[※2]だって、ヘレスポントの海へ水浴びしに行って、脚がつって溺《おぼ》れただけなのに、馬鹿な歴史家たちが「セストスのヘーロー」に会いに行こうと泳いでいた最中の出来事にしてしまった。そんなの全部でたらめ。男たちは、時折死んで、ウジ虫の餌食《えじき》となるけれど、恋ゆえに死んだりはしない。

オーランドー　ぼくの本当のロザリンドにはそんなふうに思ってほしくない。だって、僕は、顔をしかめられただけで死んでしまう。

ロザリンド　そんなことで、蝿も死にゃしないわ、絶対。でも、いいわ。これから私はあなたのロザリンドとしてその気になってあげる。何でも求めてごらんなさい。許してあげるから。

オーランドー　では、愛してください、ロザリンド。

ロザリンド　ええ、愛しましょう。日曜も祝日も休みなく。

オーランドー　結婚してくれますか。

ロザリンド　はい、あなたのような人と二十人ぐらい。

オーランドー　何だって？

※1　トロイア王子トロイラスは、恋人クレシダに裏切られた後、ギリシャ軍将軍アキレウスに剣ないし槍で殺される。棍棒で叩き殺されてはいない。シェイクスピアの悲劇『トロイラスとクレシダ』参照。

※2　ギリシャ神話の恋愛悲話。セストス島にあった愛の女神アプロディーテーの神殿の巫女であったヘーロー（ヒアロー）に惚れたレアンドロス（リアンダー）は、毎夜ヘレスポント海を泳いで逢瀬を重ねていたが、ある冬の夜、ヘーローが恋人のために灯していた明かりが嵐で消え、溺れ死ぬ。夏の夜ではない。クリストファー・マーロウの詩（95ページ注5参照）参照。

ロザリンド　あなた、いい男でしょ。
オーランドー　そう思いたいけど。
ロザリンド　じゃあ、いいものはたくさん欲しいじゃない？　さ、妹、牧師さんになって、僕らを結婚させてくれ。君の手を、オーランドー。どうした、妹？
オーランドー　どうぞ、結婚させてください。
シーリア　何て言えばいいの？
ロザリンド　「オーランドー、あなたは——」って始めるのさ。
シーリア　はいはい。「オーランドー、あなたは、このロザリンドを妻としますか」
オーランドー　はい。
ロザリンド　だけど、それって、いつのこと？
オーランドー　え、今だよ。妹さんが結婚させてくれたらすぐ。
ロザリンド　じゃあ、「私は、ロザリンド、あなたを妻とします」って言わなきゃ。
オーランドー　私は、ロザリンド、あなたを妻とします。
ロザリンド　誓約書が欲しいところだけど、ま、いいわ。私は、オーランドー、あなたを夫とします。あ、牧師さんより先走っちゃった。でも、女の思いは、行動より先を走るもの。
オーランドー　思いというものはそういうものだ。翼がついてるからね。
ロザリンド　さあ、結婚したらどれほど長く奥さんを大切にするの？
オーランドー　永遠に。一日一日。
ロザリンド　「永遠に」は省いて、「一日」とだけお言いなさい。いえいえ、オーランドー、男なんて口説くときは四月でも、結婚するときは十二月。女は、結婚前は五月でも、妻となったら空模様が変わる。私、バーバリー産の雄鳩《おすばと》※1が雌鳩《めすばと》にやきもちをやく以上に、あなたにわめき散らすわ。雨降り前のオウムよりやかましく。そして、猿よりも新しいものが好きで、チンパンジー※2よりも淫乱《いんらん》になるわ。わけもなく泣くわ。噴水に立つ女神ダイアナの像みたいに。しかも、あなたが楽しくしたいときに泣くの。あなたが眠りたくなったら、私、ハイエナみたいに笑うわよ※3。

オーランドー　僕のロザリンドがそんなことをするだろうか。

ロザリンド　まちがいないよ。ロザリンドは、僕と同じことをするね。

オーランドー　だけど、あの人は賢い人だ。

ロザリンド　賢くなければ、そうしたことはできやしない。賢ければ賢いほど、気まぐれなんだ。女の知恵を閉じ込めようと、ドアを閉めたところで、窓から逃げ出す。窓を閉めても、鍵穴《かぎあな》から抜け出す。それをふさいでも、煙突から煙と一緒に逃げていく。

オーランドー　そんな知恵持つ女房を持った男は言うだろう。「妻の知恵、今日はどこまで行ったやら？」

ロザリンド　いや、その文句は、奥さんがお隣さんのベッドにもぐ

※1 Barbary cock-pigeon　北アフリカのバーバリーから輸入された、鼻こぶがある鳩。プリニウスの『博物誌』第十巻に、この品種は雌の浮気を警戒するとある。オックスフォード版はイスラム教徒が妻の独占支配にこだわることへ言及し、アーデン3は「ギャニミードの人種差別的な冗談は現代の劇場ではあまり問題にされないが、イアーゴーのレトリックにつながっていく」と指摘している。

※2 原文はan ape（チンパンジー、ゴリラ、オランウータンなどの類人猿）だが、チンパンジーに代表させた。

※3 ハイエナの鳴き声が人間の笑い声に似ていることは当時からよく知られていた。

りこむまで取っとかなきゃ。

オーランドー　その知恵には、どんな言い訳をする知恵があるかな。

ロザリンド　そこに夫がいると思って捜しに来たんだと言うさ。妻を娶《めと》れば、口答えも一緒についてくる。舌のない奥さんをもらえば別だけど。いやあ、自分の失敗を夫のせいにできないような女に子供の世話は任せられないよ。馬鹿を育ててしまうからね。

オーランドー　ロザリンド、ちょっと二時間ばかり失礼するよ。

ロザリンド　ええ、そんなひどいわ。あなたなしに二時間も耐えられない。

オーランドー　公爵の昼食に招かれたんだ。二時には、君のもとに戻ってくるから。

ロザリンド　いいわよ、行きなさいよ。行けばいいわ。どうせそんな人だと思ってた。みんなもそう言ってたし、私もそうじゃないかしらと思ったのよ。調子のいいことばかり言って私を騙《だま》して。一人の女が捨てられるだけ。ああ、来たれ、死よ！　二時には戻ってくるのね？

オーランドー　そうだよ、素敵なロザリンド。

ロザリンド　誓って、本気で、そして法律にひっかからないあらゆる誓いにかけて、もし約束を少しでも破ったら、約束の時間に一分でも遅れたら、あなたはとんでもない誓い破りで、恋人の風上にも置けない、あなたがロザリンドと呼ぶ人に最もふさわしくない、不実な男のナンバー・ワンだと思うからね。だから、気をつけて。約束を守って。

オーランドー　君が本当に僕のロザリンドだと思って、真心をこめて守るよ。じゃあね。

ロザリンド　時こそは、昔から罪人を裁く裁判官。時に裁いてもらいましょう。じゃあね。

オーランドー退場。

シーリア　あなた、今の恋愛問答で、ずいぶん女のことを悪く言ったもんね。そのズボンを頭の上までたくしあげて、この小鳥が自分の巣に何をしたか世間の人に見てもらわなくちゃ。

ロザリンド　ああ、シーリア、シーリア、シーリア、私のかわいい小さな従妹《いとこ》。私がどんなにどっぷり恋にはまっているか知ってるでしょ！　どれだけ深いかわかりゃしない。私の恋は、ポルトガル沖の海溝《かいこう》※1みたいに、底が知れないの。

シーリア　というより、底が抜けてるんでしょ。あなたがどんなに愛情を注ぎこんでも、下から漏れてる。

ロザリンド　いいえ。愛の女神ヴィーナスが不倫して産んだあのいたずらキューピッド※2、思いが生みつけ、気まぐれがはらみ、狂気から生まれた、あの目の見えないやんちゃ坊主は、自分の目が見えないからとみんなの目をおかしくする。あの子に私がどんなに深く恋に落ちているか判断させましょ。いい、エイリエーナ？　私、オーランドーがいないと耐えられないの。あの人が戻ってくるまで、木陰を探して溜《た》め息《いき》をついているわ。

シーリア　私は、寝ようっと。

一同退場。

※1　ポルトガルのポルト（英語名オポルト）からシントラ岬までの沖合の海は二千五百六十二メートルの深さだという。

※2　クピードー（英語発音キューピッド）は、ローマ神話の愛の神。ギリシャ神話のエロースに相当。愛の女神ヴィーナスと軍神マルス（別の説ではメルクリウスあるいはゼウス）のあいだの子とされる。ヴィーナスの夫は鍛冶の神ウルカヌス（ヴァルカン）であるため、不義の子。
　翼を生やした幼子の姿で表象され、目が見えないのに恋の矢を放つ。西洋美術ではしばしば目隠しをして描かれる。『夏の夜の夢』第三幕第二場を始め、頻繁に言及される。

第四幕　第二場

ジェイクィズと森人に変装した貴族たち登場。

ジェイクィズ　その鹿を殺したのは誰だ？

貴族　私です。

ジェイクィズ　こいつをローマの凱旋《がいせん》将軍のようにして公爵のもとへ連れて行こう。勝利のしるしに、こいつの頭に鹿の角《つの》をつけるといい。こんなときに歌う歌はあるかね？

貴族※1　ございます。

ジェイクィズ　歌ってくれ。調子が合ってなくてもかまわん。にぎやかにやってくれ。

貴族たち　（歌う）鹿を獲《と》ったら何やろう？〔◎〕
皮と立派な角やろう。〔◎〕
さあ歌え。
角をつけてもしょげちゃダメ。〔○〕
男と生まれた、そりゃ運命《さだめ》。〔○〕
さあ運べ。（一同で次のリフレインを唱和※2）
生やしていたよ、じいさんも。〔●〕
もちろんあったよ、父さんも。〔●〕

※1　Fでは「私です」と答えた人物と同じLordという表示。

※2　The rest shall bear this burden. という一文は、一六二五年頃に筆写された歌の原稿にも、一六五二年に出版された歌集にも記載

角、角、笑っちゃいけない。〔□〕
寝取られ亭主しか生やさない。〔□〕

一同退場。

がない。歌詞ではなく、役者への指示としたシボルドの校訂に従う。ジェイクィズの台詞と解釈する説もある。

第四幕　第三場

ロザリンドとシーリア登場。

ロザリンド　ねえ、どうなの？　二時過ぎてない？　なのに、オーランドーはどこにもいない。
シーリア　きっと純な恋心と悩める頭を抱えて、弓矢を手に出かけたのよ——ひと眠りしに。
あら、誰かしら？

シルヴィアス登場。

シルヴィアス　あなたにお使いを頼まれてきました。
優しいフィービーがあなたにこれを渡すようにと。
中味は知りませんが、たぶん
これを書いているときにフィービーが
眉《まゆ》をひそめて、怒った様子をしていたので、

悪口ではないかと思います。お赦《ゆる》しください、
私はお届けしただけで、罪はありません。
ロザリンド　〔手紙を読みながら〕こんな手紙には忍耐の女神※1でも驚いて、
ざけんなよと叫ぶだろう。これに我慢できるくらいなら、
何にだって我慢できる。僕は美しくなく、無礼だとある。
高慢だから、たとえ男が不死鳥のように稀少《きしょう》※2になっても
愛することはできないと書いてある。まいったな、
この子の愛なんか、射止めようと思っていないのに。
何でこんなことを書いてよこすんだ？　え、羊飼い君、
こいつは、君がでっちあげた手紙だろ。
シルヴィアス　いいえ、とんでもない。中味は知りません。
フィービーが書いたんです。
ロザリンド　　　　　　　おいおい、馬鹿だな。
恋にのぼせて頭がおかしくなったか。
あの子の手を見たが、がさがさで、
ザラザラした岩みたいに茶色かった※3。
古い手袋でもはめているのかと思ったら、素手だった。
あれは下々の手だ。ま、それはどうでもいい。
この手紙はあの子が思いついたもんじゃない。

※1　『十二夜』第二幕第五場「忍耐の像のように悲しみに微笑みかけていました」参照。
※2　伝説の不死鳥は、火の中へ飛び込んで死ぬと、その灰から新たに甦る。常に一羽しか存在しない。
※3　A freestone-coloured hand　砂岩のような色をした手。

　こいつは男が考えて書いたものだ。
シルヴィアス　確かにフィービーが書きました。
ロザリンド　だって、荒っぽくて、残酷で、
喧嘩《けんか》を売るような文体だぜ。僕に挑戦している。
トルコ人※4がキリスト教徒に戦争をしかけるように。
女の優しい頭から、こんな無礼千万は出てこない。
その面構《つらがま》え以上に真っ黒な中味には、
　黒いエチオピア人も真っ青だ。手紙を読んでやろうか。
シルヴィアス　お願いします。まだ知らないので。
フィービーのつれなさは嫌というほど知っていますが。
ロザリンド　そのフィービーぶりで、暴君は僕にこう書いている。
（読む）乙女心を焦がすそんな真似〔■〕
　するとは、あなたは神様ね。〔■〕※5
　女がこんな悪口を吐けるか。
シルヴィアス　それって悪口ですか。
ロザリンド　（読む）あなたは、なぜ、神の姿をやめ、〔※〕
　誘惑するの、こんな手弱女《たおやめ》？〔※〕
　こんな悪口、聞いたことがあるか。
　人に口説かれても実のところ、〔*〕

※4　異教徒であるトルコ人は残虐、野蛮と決めつけられていた。『オセロー』でも、戦う相手はトルコ軍。『ハムレット』第三幕第二場の「この先運命に見放されても」という台詞は、原文では「残りの運命が俺に対してトルコ人となっても」となっている。

※5　apart と heart で韻を踏む。フィービーの手紙は、二行連句が続く英雄詩体で書かれている。

無傷でいられたこの心。〔＊〕
つまり、僕が人ではなく、畜生だということだ。
あなたの瞳《ひとみ》に蔑《さげす》まれ、〔☆〕
私の燃える恋、生まれ、〔☆〕
もしも優しくされたなら、〔★〕
私の理性よ、さようなら。〔★〕
叱られても、あなたを愛す。〔◇〕
口説かれたならパラダイス。※1〔◇〕
この恋をあなたに伝えるその人は、〔◆〕
知りません、私があなたを好きだとは。〔◆〕
その人に託してください、あなたの返事。〔△〕
若くて優しいあなたに万事、〔△〕
受けてほしいの、私の願い。〔▲〕
すべてを捧《ささ》げるわ、一生涯。〔▲〕
断られたら、胸痛し。〔▽〕
死んでみせます、この私。〔▽〕
シルヴィアス　これが、悪口ですか。
シーリア　可哀想な羊飼いさん。
ロザリンド　こいつに同情するのか。いや、同情する価値もないね。君、こんな女を愛するの

※1　「あなたの祈りは私をどのように感動させるだろうか」が原意。四歩格という短い韻律のため、歌うようなリズミカルな軽快さがある。

か。え、君を楽器のように使って、調子っぱずれの曲を奏でようっていう女だぞ。我慢できるか！　さあ、あの子のところへ行くがいい。どうやら君は惚《ほ》れたせいで骨抜きになっちまったな。あの子に言ってやれ。この僕を愛するというなら、僕はあの子が君を愛することを命じると。言うことをきかないなら、二度と相手にしない。君が許してやってほしいと言わないかぎり。ほんとに惚れてるなら、一言も言わずにさっさと行け。ほら、また誰か来たぞ。

シルヴィアス退場。

オリヴァー登場。

オリヴァー　こんにちは、美しいお二人。ご存じでしたら、
教えてください。この森のはずれのどこかに
オリーヴの木に囲まれた羊小屋があるそうなのですが。

シーリア　ここから西の方、近くの谷の奥です。
せせらぐ小川に並ぶ柳を
右に見ておいでになれば小屋に出ます。
でも、今は誰もおりません。
留守にしております。

オリヴァー　舌で話されたことが目の助けとなるなら、
あなたがたはどうやらお目当ての人だ。
その年恰好《としかっこう》――「若者は女のように美しく、

年頃の姉のような立ち居振る舞い。
そして背の低い※1女性の方は、
兄よりも色が黒い」。あなた方は、
私が訪ねようとする小屋の持ち主ではありませんか？
シーリア　自慢にはなりませんが、そのとおりです。
オリヴァー　オーランドーからよろしくとのことです。
「僕のロザリンド」と呼んでいる若者へ、この
血塗《ちまみ》れのハンカチを届けるようにと。あなたがそうですか。
ロザリンド　そうですが、これはどういうことですか。
オリヴァー　私の恥をさらすことになります。私が何者で、
いかにして、なぜ、どこで、このハンカチが血に
染まったかをお話しすれば。
シーリア　どうかお聞かせください。
オリヴァー　オーランドーは、一時間以内に戻ってくると※2
約束をしてあなた方と別れたあと、
恋の甘酸っぱい想いに耽《ふけ》りながら、
森を進んでいきましたが、そこで
事件が起きたのです。ふと脇を見たそのとき、
何という光景が目に飛び込んできたことか！

※1　シーリアの方が背が低い。25ページ注4参照。

※2　オーランドーは「二時間ばかり失礼する」と言って「二時に帰ってくる」と約束したはず（106ページ）。

枝は苔《こけ》におおわれ、梢《こずえ》は枯れ果てた
オークの老木《ろうぼく》のその陰に、髪はぼうぼうで、
ぼろをまとった哀れな男が仰向《あおむ》けに
眠っており、その首には
緑にきらめく蛇が巻きついていたのです。
蛇は頭をもたげ、その男の開いた口に
今にも襲いかかろうとしていました。
ところが急にオーランドーに気づくと、
蛇は男の首から離れて、身をくねらせて
藪《やぶ》のなかへと消えました。その藪の陰には
雌ライオン※3が、乳を吸われて腹をすかせ、
猫のように頭を地面につけて横になり、
その眠れる男が動くのをじっと待っておりました。
百獣の王ライオンは、死んだと思《おぼ》しき獲物には
手を出さないからです。そうとわかると、
オーランドーは、その男に近づき、
それが自分の兄だと知りました。

シーリア　お兄さんの話は聞いたことがあります。
あんな血も涙もない人は、どこを探しても

※3　蛇と獅子は、キリスト教における邪悪のシンボル。それらから兄を救うオーランドーは、聖者のイメージとなる。旧約聖書「詩篇」第九十一章第十一～十三節「主はあなたのために、御使いに命じてあなたの道のどこにおいても守らせてくださる。……あなたは獅子と毒蛇を踏みにじり獅子の子と大蛇を踏んで行く」参照。

いないと※1。
オリヴァー　そう言うのももっともです。
非人情なことをしたことは私がよく知っている。
ロザリンド　で、オーランドーは？　お兄さんを置き去りにして、
腹をすかせたライオンの餌食《えじき》にしたのですか。
オリヴァー　二度までも背を向けてそうしようとしました。
ところが、復讐《ふくしゅう》心より気高い兄弟の情愛が働き、
今こそ仕返しをとの思いより情けが勝《まさ》って、
オーランドーはライオンと戦い、これを
たちまち倒したのです。その騒ぎで
惨《みじ》めにまどろんでいた私は目を覚ましました。
シーリア　あなたがお兄さん？
ロザリンド　　　　　　　あの人が救ったのは君なのか？
シーリア　あの人を殺そうと何度も企《たくら》んだのも？
オリヴァー　私でした。でも、今の私ではない※2。
かつての私がどうであったかを話しても恥とは思いません。
今はすっかり生まれ変わり、清々《すがすが》しい思いでおります※3。
ロザリンド　だけど、血塗《ちまみ》れのハンカチは？
オリヴァー　　　　　　　　　　今話します。

※1　次の行とシェアード・ライン。

※2　新約聖書「ガラテヤの信徒への手紙」第二章第二十節「生きているのは、もはやわたしではありません。キリストがわたしの内に生きておられるのです」参照。

※3　新約聖書「コリントの信徒への手紙二」第五章第十七節「キリストと結ばれる人はだれでも、新しく創造された者なのです。古いものは過ぎ去り、新しいものが生じた」参照。

私たち二人は、最初から最後まですっかり、
これまでの経緯《いきさつ》を涙ながらに語り合いました。
いかにして私がその寂しい場所へ至ったのかなど。
やがて、弟は、優しい公爵様のところへ案内してくれ、
私は、そこで新しい服を頂き、もてなされました。
そして弟の世話になるがよいと言われたので、
弟はすぐに自分の洞窟《どうくつ》に案内してくれました。
そこで弟が服を脱ぐと、腕のところの肉が
少しライオンに食いちぎられていて、
それまでずっと出血していたのでした。
弟は気を失い、ロザリンドの名を叫んで倒れました。
すぐに息を吹き返させ、傷に包帯を巻きますと、
ほどなく弟は元気を取り戻して、私をこちらへ使いに
出したのです。お二人を存じあげない私ですが、
事情を説明して、約束を破ってしまったことを
お赦し頂くようにと。そしてこの
血染めのハンカチを、弟が戯れに
ロザリンドと呼ぶ羊飼いの若者に渡すようにと。

〔ロザリンドは気絶する。〕

シーリア　まあ、どうしたの？　ギャニミード、ギャニミード！

オリヴァー　血を見て失神することはよくあります。

シーリア　もっと複雑な事情があるんです。ねえ！※1　ギャニミード！

オリヴァー　ほら、気がついた。

ロザリンド　おうちに帰りたい。

シーリア　　　　　　　　　連れてってあげる。

　すみません、この人の腕を抱えてくださいますか。※2

オリヴァー　元気を出して。それでも男ですか？

　男の根性がないんですか。

ロザリンド　　　　　ないんです。白状します。※3

　いやあ、今の芝居、うまかったでしょ。どうか、弟さんに、僕がうまい芝居をしたとお伝えください。あーあ！

オリヴァー　芝居じゃなかった。すっかり青ざめて、本物の動揺ぶりでした。

ロザリンド　芝居です、ほんと。

オリヴァー　それじゃ、元気を出して男である芝居をしてください。

ロザリンド　しているよ。でも、正直、女のほうがよかったなあ。

※1　原文はCousin
　慌てたシーリアがつい「従姉」と呼びかけてしまったと、サミュエル・ジョンソンは指摘する。Cousinは親愛を示す語であり、血縁関係にない相手にも使えるが、妹が兄を呼ぶときには不適当。

※2　ロザリンドが気絶して以降この場の最後まで散文とする現代版もあるが、Fではこの行は韻文。その前もシェアード・ラインと解釈するペンギン版に従った。アーデン3の解釈では、失神騒ぎで皆、散文を話しだすが、この行から韻文に復帰し、次ページのシェアード・ラインまで韻文が続く。いずれの版も、ロザリンドの「いやあ、今の芝居……」以降は散文。

シーリア　まあ、どんどん顔が青ざめていくわ。ね、早く帰りましょ。あなたもどうぞ、ご一緒に[※4]。

オリヴァー　そうしましょう。弟を赦してくださるかどうか、お返事を頂かなければなりませんからね、ロザリンド[※5]。

ロザリンド　返事は考えます。でも、どうか、僕の芝居のこと、伝えといてくださいね。行こうか？

一同退場。

※3　オリヴァーがロザリンドを抱き抱えたとき、胸に触れて変装に気づくという演出は伝統的。慌てたロザリンドが「いやあ、今の芝居……」以降散文に戻る契機ともなる。

※4　最後はオリヴァーに向けて言われる。本作中シーリアの最後の台詞。

※5　Fではオリヴァーの最後の台詞は韻文。アーデン3は「オリヴァーがブランク・ヴァースに戻るのは、恋人としての新たな立場を示すものかもしれない」と注記する。ニューケンブリッジ版は「オリヴァーがロザリンドの名前を呼びかけるのは、オリヴァーが変装を見破ったことを朗らかに示しているのかもしれない」と注記する。

第五幕　第一場

道化〔タッチストーン〕とオードリー登場。

道化　そのうちに機会はあるよ、オードリー。辛抱しな、優しいオードリー。
オードリー　あのお坊さんでよかったのに。あのおじさんが何を言おうと。
道化　サー・オリヴァーはだめだよ、オードリー。マーテクストなんて、最悪だよ。ところで、オードリー、この森に、君のことを自分の女だって言ってるやつがいるね。
オードリー　ああ、知ってるわ。でも、そんなこと言われる筋合いないわよ。

ウィリアム登場。

あ、あの人よ、あんたが言ってたの。
道化　田舎者に会うのは、おいらにとっちゃ、何よりのご馳走《ちそう》だ。まったく、頭がいい者はいろいろ大変だぜ。どうしたってからかいたくなる、つい。
ウィリアム　こんばんは、オードリー。
オードリー　こんばんは、ウィリアム。
ウィリアム　旦那《だんな》も、こんばんは。

道化　こんばんは、君。いやいや、帽子をとるには及ばん。かぶりたまえ、かぶりたまえ。君は、いくつかね。
ウィリアム　二十五です、旦那。
道化　いい年頃だ。ウィリアムというのかね。
ウィリアム　ウィリアムです、旦那。
道化　いい名だ。この森の生まれかね。
ウィリアム　はい、おかげさまで。
道化　おかげさま、とはいい返事だ。金持ちかね。
ウィリアム　まあ、そこそこ。
道化　そこそことはいいね。じつにいい。すばらしい。だが、まあそれほどでもない。そこそこだな。賢いかね。
ウィリアム　はい、頭はいいです。
道化　おう、そりゃいいね。ある諺《ことわざ》に「阿呆《あほう》は己を賢いと思うが、賢者は己が阿呆と知っている」という。異教の哲学者が葡萄《ぶどう》を食べようとして、口をあけて、そこへ葡萄を入れた。それが意味するのは、葡萄は食べられるものであり、口はあけるものだということである。君はこの女性を愛しているのかね。
ウィリアム　はい、旦那。
道化　握手だ。学問はあるかね。
ウィリアム　ありません、旦那。

道化　では、ひとつ教えてやろう。持つとは持つである。それは修辞学の比喩《ひゆ》であり、酒はコップからグラスへ注がれると、グラスを一杯にすることでそれ自体は空になる。あらゆる物書きの一致した意見では、ラテン語の「イプセ」とは彼のことだ。さて、君は「イプセ」ではない。私が彼だからだ。

ウィリアム　どの彼ですか、旦那。

道化　この女性と結婚する彼氏だよ。だから田舎者め。この婦女――俗な言葉で言えば、「女」――との交際――俗な言葉で「つきあい」――を、放棄せよ――俗に言えば「やめろ」――すなわち、この婦女との交際を放棄せよ。さもなければ、田舎者、おまえは破滅だ。わかりやすく言えば、おまえは死ぬ。言い換えれば、殺す。追い払う。その命を死に置き換え、その自由を束縛する。毒を盛り、棒で殴り、剣で勝負する。おまえと悶着《もんちゃく》を起こし、陰謀をめぐらす。百五十通りのやり方で殺してやる。ゆえに、震えて、逃げたまえ。

オードリー　そうして、ウィリアム。

ウィリアム　ご機嫌よろしゅう、旦那。

ウィリアム退場。

コリン登場。

コリン　ご主人様とお嬢様がお捜しだ。さあさあ、おいで。

道化　急げ、オードリー、急ぐんだ、オードリー。待って、おいらも行くよ。

一同退場。

第五幕　第二場

オーランドーとオリヴァー登場。

オーランドー　知りあってそんなにすぐに好きになるなんてこと、あるかなあ。出会ったとたんに、恋してしまうなんて？　恋をしたとたんに口説いて、口説いたとたんに、彼女がうんと言うなんて？　で、一緒になるつもりなのかい？

オリヴァー　浮ついていると目くじらを立てるなよ。あの子は貧乏で、知り合ったばかりで、求婚が急なら、あの子の承諾も急だよ。とにかく、俺はエイリエーナを愛しているんだ。そして、あの子は俺を愛してくれている。だから一緒になるしかないんだ。おまえにも好都合だ。だって、父の家もサー・ローラン家の収入もすべておまえに譲るからな。俺はここで羊飼いとして死ぬまで暮らすつもりだ。

ロザリンド登場。

オーランドー　わかった。明日式を挙げるといい。公爵様とそのお仲間をお招きしよう。行って、エイリエーナの身支度を手伝ってやりなよ。ほら、僕のロザリンドが来た。

ロザリンド　こんにちは、兄弟。

オリヴァー　こんにちは、美しい姉さん※1。

〔オリヴァー退場。〕

ロザリンド　ああ、愛《いと》しいオーランドー。あなたの心臓が布で吊《つ》られているのを見るのはつらいわ。

オーランドー　これ、腕だよ。

ロザリンド　あなたの心臓がライオンの爪で傷ついたのかと思った。

オーランドー　傷つけたのは、ある女性の目だ。

ロザリンド　お兄さんから聞いたかい、君のハンカチを見せられて、僕が気絶するふりをした話？

オーランドー　うん。それよりも不思議な話もね※2。

ロザリンド　ああ、何のことかわかってるよ。いや、ほんと。羊同士の喧嘩《けんか》だって、あんなに突然じゃないね。シーザーの「来た、見た、勝った」も顔負けの速さだ。だって、君の兄貴と僕の妹は会ったとたんに見つめ合い、見つめたとたんに恋に落ち、恋したとたんに溜《た》め息《いき》ついて、溜め息ついたかと思えばそのわけを尋ね合い、そのわけを知るやいなやその対策を求めて、こうして結婚への階段をのぼりつめ、あっという間にゴールまで行っちまった。結婚でなきゃ、結婚前に、行くところまで行くね。どうしようもないくらい愛し合っていて、一緒にならずにゃいられない。梃子《てこ》でも

※1　英語は sister なので、姉か妹かの区別がない。オーランドーの妻であるロザリンドにとって、オリヴァーは義兄であり、オリヴァーはその遊びに乗って「妹」と呼んだ（アーデン2の解釈）とも、ギャニミードの妹エイリエーナと結婚するオリヴァーは義弟なので、「姉さん」と呼んだ（アーデン3、オックスフォード版、ニューケンブリッジ版の解釈）とも読める。
　後者の場合、男性のギャニミードに sister と呼びかけることになるため、オリヴァーはギャニミードが実は女性であると見抜いたことを仄めかしているという解釈もある。

※2　119ページ注3参照。

棒でもわけらりゃしない。

オーランドー　明日《あす》が結婚式だ。僕は公爵をお呼びする。だけど、こいつが自分の幸せじゃないってのはつらいよ！　兄が望みを手にしてどれほど幸せかを思えば思うほど、明日僕は落ちこむことだろう。

ロザリンド　じゃあ、明日《あした》、僕は、君のロザリンドじゃないのかい？

オーランドー　もう想像だけでは生きていけない。

ロザリンド　それなら、もう無駄なおしゃべりで君をうんざりさせるのはやめよう。よく聞いてくれ。大事なことを言うから。君が理解力のある紳士であることは僕にはわかっている。いや、こんなことを言うのは、僕がわかっていることを褒めてもらいたいわけじゃなく、君がそういう人だからそう言うだけだ。君によく思われようとかいうつもりはなく、ただ、僕には君のためになることができるのだと信じてほしい。だから、どうか信じてくれ、僕には不思議なことができると。僕は、三つの頃から、ある魔法使いと付き合いがあってね。その人が奥義を究めたのは、悪魔とは無縁の白魔術だ。もし君がほんとに心の底からロザリンドを愛しているのなら、君の兄さんがエイリエーナと結婚するとき、君をロザリンドと結婚させてやるよ。彼女が今どんな運命をたどっているか、僕にはわかっているんだ。もし君がそれでいいと言うなら、明日君の目の前に彼女を出してみせよう。生身のロザリンドを、危険もなしに。

オーランドー　本気で言ってる？

ロザリンド　命にかけて本気。魔法使いといえども、命は大切だからね。だから、一番いい恰《かっ》好《こう》をしておいで。友だちを呼んどけよ。もし明日君が結婚したいなら、結婚させてやるからさ。お望みならば、ロザリンドと。

シルヴィアスとフィービー登場。

やあ、あそこにやってきたのは、僕に惚《ほ》れている娘と、そいつに惚れている野郎だ。

フィービー　ねえ、あなた、ひどいじゃない。あなた宛ての手紙をこの人に見せるなんて。

ロザリンド　そんなことどうだっていいさ。僕は、わざと君を馬鹿にし、意地悪しようとしているんだ。君には、ほら、忠実な羊飼いがついているじゃないか。こいつを見ろ。こいつを愛せ。君を崇拝しているんだから。

フィービー　ねえ、シルヴィアス。この人に、恋とは何か話してあげて。

シルヴィアス　恋とは、溜め息と涙、それればかり。僕がそうだ、フィービーを思って。

フィービー　あたしはギャニミードを思って。

オーランドー　僕はロザリンドを思って。

ロザリンド　僕は女でない人を思って。

シルヴィアス　恋とは、真心をこめ、尽くすことばかり。僕がそうだ、フィービーを思って。

フィービー　あたしはギャニミードを思って。
オーランドー　僕はロザリンドを思って。
ロザリンド　僕は女でない人を思って。
シルヴィアス　恋とは、気まぐれな空想でいっぱいになること。
激しい情熱と切望でいっぱい。
憧《あこが》れと、忠実と、思いやりでいっぱい。
謙遜《けんそん》と、忍耐と、焦燥でいっぱい。
純潔と、試練と、従順でいっぱい。
僕がそうだ、フィービーを思って。
フィービー　あたしはギャニミードを思って。
オーランドー　僕はロザリンドを思って。
ロザリンド　僕は女でない人を思って。
フィービー　もしそうなら、どうしてあなたに恋しちゃいけないの？
シルヴィアス　もしそうなら、どうして君に恋しちゃいけないの？
オーランドー　もしそうなら、どうして君に恋しちゃいけないの？
ロザリンド　「君に恋しちゃ」って誰に言ってるの？
オーランドー　ここにはいない人、聞いてもいない人に。
ロザリンド　もうこんなこと、やめよう。まるで月に吠《ほ》えるアイルランドの狼だ。〔シルヴィアスに〕できるなら、君の力になろう。〔フィービーに〕できるものなら、君の恋人になってやるよ。〔一同に〕明日《あした》、みんなここへ来てくれ。〔フィービーに〕もしも僕が女の人と結婚するなら、君と結婚しよう。そして僕は明日、結婚する。〔オーランドーに〕君を満足させてやるよ、もし僕が男の人を満足させてやれるなら。そして、君は明日結婚する。〔シルヴィアスに〕もしも君が求めるもので君が満足するのなら、君を満足させてやろう。そして君は明日結婚する。〔オーランドーに〕君がロザリンドを愛しているのなら、来てくれ。〔シルヴィアスに〕君がフィービーを愛しているのなら、来てくれ。そして僕は女でない人を愛しているから、きっと来る。じゃあ、さようなら。僕の言ったとおりにしてくれよ。

シルヴィアス　必ず来ます、命にかけて。

フィービー　あたしも。

オーランドー　僕も。

一同退場。

第五幕　第三場

道化〔タッチストーン〕とオードリー登場。

道化　明日《あした》はおめでたい日だ、オードリー。明日、おいらたちは結婚する。

オードリー　ああ、したいわあ、結婚。したいったって、いやらしい意味にならないよね。奥さんになりたいっていうんだもんね？

二人の小姓登場。

追放された公爵様の小姓が二人来たよ。

小姓一 こんにちは、立派な旦那《だんな》。

道化 やあ、こいつは、いいところに。さ、座って、座って。そして歌ってくれ。

小姓二 いいですよ。はい、真ん中に座るはお馬鹿さん。

小姓一 すぐ始めましょう。咳払《せきばら》いしたり、唾《つば》を吐いたり、声を嗄《か》らしたなんて言うのは、歌が下手なことの言い訳ですからね。

小姓二 そうそう。じゃ、一頭の馬に乗った二人のジプシーのように声を合わせて歌おう。

小姓一・二 （歌う）

惚れた、あの娘に首ったけ。〔▼〕
それヘイ、ホー、ヘイ・ノニノー。
二人で歩く、麦畑。〔▼〕
春だ、恋の季節さ、鳥も歌う、
ヘイ・ディンガディンガディング。
恋をしましょう。

ライ麦畑が続くなか、〔◎〕

それヘイ、ホー、ヘイ・ノニノー。
二人は抱き合うそんな仲。〔◎〕
春だ、恋の季節さ、鳥も歌う、
ヘイ・ディンガディンガディング。
恋をしましょう。

歌を歌うよ、この二人。〔○〕
それヘイ、ホー、ヘイ・ノニノー。
命は花によく似たり。〔○〕
春だ、恋の季節さ、鳥も歌う、
ヘイ・ディンガディンガディング。
恋をしましょう。

恋たけなわと時惜しみ、〔●〕
それヘイ、ホー、ヘイ・ノニノー。
恋人たちはお楽しみ。〔●〕
春だ、恋の季節さ、鳥も歌う、
ヘイ・ディンガディンガディング。
恋をしましょう。

道化　いやはや。歌詞も大したこともないが、調子はかなり外れていたな。
小姓一　そんなこと、ありませんよ。ちゃんと拍子をとって、調子を合わせました。
道化　いや、拍子抜けだよ。馬鹿げた歌を聴いて時間を無駄にしたもんだ。ばいばい。神が君たちの声をよくしてくれますように。行こう、オードリー。

一同退場。

第五幕　第四場

公爵兄、エイミアンズ、ジェイクィズ、オーランドー、オリヴァー、シーリア登場。

公爵兄　本当に信じているのかね、オーランドー、その子が約束どおりにみんなの願いを叶《かな》えると？
オーランドー　そんなはずはないと思いながらも信じています。空しい望みだと知りながら、それでも望んでしまう者のように。

ロザリンド、シルヴィアス、フィービー登場。

ロザリンド　どうかご辛抱を。もう一度取り決めを確認します。閣下は、私がロザリンドお嬢様をお連れすれば、ここにいるオーランドーにお与えになるのですね。

公爵兄　そうだ。もし王国を幾つか持っていたら、それもやろう。

ロザリンド　そして君は、その人を連れてくれれば妻にするんだね。

オーランドー　そうする。たとえ僕があらゆる王国の王だとしても。

ロザリンド　君は、僕がその気になれば、僕と結婚するんだね？

フィービー　するわ。たとえ一時間後に死ぬとしても。

ロザリンド　でも、君は、僕との結婚を諦《あきら》めるなら、

この誰よりも忠実な羊飼いと結婚するんだね？

フィービー　そういう約束よ。

ロザリンド　君は、フィービーがその気なら、この子を妻とするね。

シルヴィアス　たとえそれが死を意味しても。

ロザリンド　以上をすべて叶えてやると僕は約束しました。

お守りください、公爵、お嬢様をお与えになるという約束を。

守ってください、オーランドー、お嬢様を妻に迎える約束を。

守ってくれ、フィービー、僕と結婚するか、さもなければ、

僕とはしないなら、この羊飼いと結婚するという約束を。

守れよ、シルヴィアス、フィービーが僕を拒むなら、

フィービーと結婚する約束を。これから僕は、

これらの問題を一挙に解決すべく、でかけてまいります。

ロザリンドとシーリア退場。

公爵兄　あの羊飼いの少年は、どうも
娘にそっくりの顔立ちをしているように思えてならん。

オーランドー　閣下、最初にあの子と出会ったとき、
お嬢様の兄弟ではないかと思ったほどですが、※1
しかし、閣下、あの少年は森に生まれ、
伯父《おじ》からさまざまな学問の基礎を
学んだそうです。その伯父というのが
偉大な魔法使いで、この森のどこかに
ひっそりと暮らしているそうなのです。

道化〔タッチストーン〕とオードリー登場。

ジェイクィズ　再び大洪水が来るようだな。ノアの方舟《はこぶね》を目指して
さまざまな番《つがい》がやってくる。※2 そこに来たのは、とても珍しい動物
だ。あらゆる言語で、阿呆《あほう》と呼ばれている種族だ。

道化　皆様、ご機嫌よろしゅう。

ジェイクィズ　公爵、よく来たと言ってやってください。これこそ
が、私が森で見かけたまだら服の紳士です。かつては宮廷にいた
こともあるそうです。

※1　この台詞から、オーランドーは、ギャニミードがロザリンドに似ていると最初から気づいていたことがわかる。ギャニミードが伯父の話をしたのは80ページで、魔法使いの話をしたのは125ページだが、伯父が魔法使いだという話は一度もしていない。オーランドーは、どちらも森に住む公爵を想定しての作り話であることを了解して、二つを混同したか。そして、ギャニミードがロザリンドであることを知りながら、それに気づいた公爵に対して、白を切っているのかもしれない。

※2　旧約聖書「創世記」第六～九章。ノアは多種の動物の雄雌一対ずつを方舟に乗せて大洪水から救った。

道化　それを疑うやつがいたら、おいらがすっきりさせてやる。おいらは宮廷舞踏を踊ったこともあれば、ご婦人におべっかを使ったことも、友人をだしに使い、敵にとりいったこともある。つけを踏み倒して仕立屋を三人破産させ、四度喧嘩《けんか》し、決闘になりかかったことも一度ある。

ジェイクィズ　どうやって決闘しないですませたのかね。

道化　実はね、相手と話し合って、その喧嘩が七つめの理由に基づくってことがわかったのさ。

ジェイクィズ　なに、七つめの理由だと？　閣下、面白いやつでしょう？

公爵兄　大いに気に入った。

道化　そいつはどうも。気に入られたとは、気に入りました。おいらがここにしゃしゃり出たのは、夫婦になって結合しようっていう田舎もんたちに交じって、結婚で結ばれ、欲望ゆえに破綻《はたん》すべく、誓いを立てたり破ったりするためさ。このおぼこ娘は、不器量かもしれんが、おいらのもんだ。ほかの男が手を出さないのをもらおうっていう、まあ、おいらの気まぐれでさ。立派な貞節ってのは、しけてるもんです。真珠がみっともない牡蠣《かき》のなかにあるようにね。

公爵兄　なかなか気の利いたことを次から次に言えるもんだな。

道化　下手な鉄砲も数撃ちゃ当たるってね。何発やってもやめられません。

ジェイクィズ　だが、七つめの理由というのは？　喧嘩が七つめの理由に基づくとはどういうことなんだね。

道化　決闘に至る「嘘つき馬鹿野郎呼ばわり」を七回回避したってことです。ほら、ちゃんとしろ、オードリー。こういうことです。ある宮廷人の髭《ひげ》の形が気に食わないと、おいらが言います。すると相手は、おまえがこの髭の形を気に食わないと言おうが、俺はこれでいいと思っていると言う。これが「儀礼的返答」ってやつです。もう一度、おまえの髭の形はよくないと言ってやれば、相手は、どういう形にしようが俺の勝手だと言ってよこす。これが「おだやかな言い返し」です。もう一度、髭の形がよくないと言えば、おまえは何もわかっちゃいないとくる。これが「乱暴な返答」です。もう一度、髭の形がよくないと言えば、でたらめを言うなとくる。これが「雄々しい非難」です。もう一度、髭の形がよくないと言えば、この嘘つきめ、とくる。これが「攻撃的反駁《はんばく》」です。こうして、次は「条件付き嘘つき呼ばわり」から、「直接的嘘つき呼ばわり」へと進む。

ジェイクィズ　で、髭の形がよくないと、何回言ったのかね。

道化　条件付き嘘つき呼ばわりまででやめときました。相手も直接的嘘つき呼ばわりをする気はありませんでしたからね。そこで、一緒に剣の長さを計るところまでして、お別れしました。

ジェイクィズ　嘘つき呼ばわりの段階を正しい順ですべて言えるかね。

道化　そりゃあ、喧嘩ってのは、教科書どおりにやるもんですからね。行儀作法の本があるように。順番に言いますよ。まず、「儀礼的返答」。第二に、「おだやかな言い返し」。第三が「乱暴な返答」。第四が「雄々しい非難」。第五が「攻撃的反駁」。第六が「条件付き嘘つき呼ばわり」。第七が「直接的嘘つき呼ばわり」ってわけです。「直接的嘘つき呼ばわり」以外なら決闘は避けられる。いや、それだって、「もしも」って言葉を使えば避けられる。いつだったか裁判官が七人がかりでも止められなかった喧嘩がありましたが、当事者同士が顔を合わせたとき、その一人が「もしも」って言葉を思いついたんです。「もしも相手がそう言ったとしたら、こちらはこう言っただろう」ってね。そこで二人は握手をして、兄弟の契りを交わしたんです。「もしも」ってのは、唯一無二の仲裁役です。大した言葉ですよ、「もしも」ってのは。

ジェイクィズ　大したやつでしょう、閣下。何でも上手に話して見せる。それでいて阿呆なのです。

公爵兄　己の阿呆ぶりを隠《かく》れ蓑《みの》にして、そこから知恵の矢を放つのだな。

婚礼の神ヒュメナイオス※1とその従者〔に扮《ふん》した人〕登場。ロザリンドとシーリア〔が衣裳《いしょう》を替えて〕登場。静かな音楽。

ヒュメナイオス　地にある者が皆和して〔□〕
一つになるは稀有《けう》にして〔□〕
天に喜び沁《し》み渡る。〔■〕
公爵よ、娘を迎えよ、大事な縁《よすが》、〔※〕
婚礼の神ヒュメナイオスが〔※〕
天よりここへ連れ来たる。〔■〕
重ねよ、娘と男の掌《たなごころ》。〔＊〕
既に結ばれてあり、二人の心。〔＊〕

ロザリンド　この身を捧《ささ》げます。私はあなたの娘ですから。

※1　ギリシャ神話の婚礼の神。ヒュメーンとも。英語発音はハイメン。あらゆる結婚式にやってくるとされる。花輪を戴き、松明を持った若者の姿で表される。現代の公演ではロザリンが扮することが多いとアーデン3は記す。

この身を捧げます。私はあなたのものですから。
公爵兄　目にしたものに真実があるなら、おまえはわが娘。
オーランドー　目にしたものに真実があるなら、君は僕のロザリンド。
フィービー　目にした形がほんとなら、〔☆〕
あたしの恋よ、さようなら。〔☆〕
ロザリンド　私に父はありません、あなたが父でないのなら。〔★〕
私に夫はおりません、あなたが夫でないのなら。〔★〕
そして女とも結婚しないわ、あなたが相手でないのなら。〔★〕
ヒュメナイオス　静まれ。騒ぐでない。〔◇〕
不思議で驚き止まらない〔◇〕
この出来事に決着つけん。〔◆〕
これなる八名、手を携えよ。〔△〕
まことを知りて満足を得よ。〔△〕
さすれば婚礼の祝福授けん。〔◆〕
〔ロザリンドとオーランドーに〕そなたとそなたの絆《きずな》は固し。〔▲〕
〔シーリアとオリヴァーに〕そなたとそなたの愛はめでたし。〔▲〕
〔フィービーに〕そなたは、この愛、受諾せよ。〔▽〕
でなくば、女を夫とせよ。〔▽〕
〔オードリーとタッチストーンに〕そなたとそなたは似合いの二人。〔▼〕

冬と吹雪の絆に似たり。〔▼〕
これより婚礼の歌を聴きながら、〔◎〕
ここに至るまでの一切の事柄、〔◎〕
互いに尋ねて解き明かし、〔○〕
驚き静めて満足あれかし。〔○〕

歌※1

婚礼はジュノーの御力《みちから》。〔●〕
食卓とベッドに祝福あれ。〔□〕
ヒュメナイオス授くよ、子宝。〔●〕
夫婦の契りに誉れあれ。〔□〕
称《たた》えよ、婚礼の神の御名《みな》。〔■〕
祝福受けよう、誰も皆。〔■〕

公爵兄　これは、愛《いと》しいわが姪御《めいご》。もとより、〔◆〕
娘も同然だ。劣らず歓迎しよう、心より。〔◆〕
フィービー　約束は守るわ。あんたはあたしのもの。〔※〕
あんたの真心が、あたしの愛をあんたと結んだんだもの。〔※〕

※1　誰が歌うかの指示はない。アーデン2は、森の貴族たちと小姓たちの合唱を想定し、ヒュメナイオスが歌う必要はないと指摘する。

〔サー・ローランの〕次男〔のジャック〕※2登場。

ジャック・ドゥ・ボワ　一言、お耳をお貸しください。
私《わたくし》は亡きサー・ローランの次男です。
ここにお集まりの皆様方にお知らせを持って参りました。
フレデリック公爵は、立派な立場におられる方々が、
日々この森に集まっておられると聞きつけ、
強力な軍を招集し、自ら先頭に立って
こちらにおられる兄上を捕まえ、
刃《やいば》にかけようと軍を進めて参りました。
ところが、この森の入り口まで来たところで、
ある一人の信心深い老人と出会い、
問答をするうちに、進軍をやめ、
世を捨てる覚悟をなさったのです。
王冠は、追放の兄上に返還し、
領土もすべて、兄上と共に追放された
皆様にお返しするとのこと。以上この命にかけて
真実でございます。

公爵兄　よく来てくれた。

※2　三人兄弟のまんなか。オリヴァーの弟で、オーランドーの兄。7ページで「大学に行かせてもらい、素晴らしい成果をあげている」と言及された人物。最後に振りかかる運命が凶と出るか吉と出るかわからないことを示す台詞を述べる。

君は御兄弟の結婚に素晴らしい贈り物を届けてくれた。
兄には取り上げられていた土地を。そして弟には、
やがて受け継ぐべき莫大《ばくだい》な広大なる公爵領を。
まず我々は、この森で、めでたく始まり、
めでたく実を結んだ恋に片をつけよう。
そのあとで、私とともにつらい暮らしに
耐えてくれた、幸せなる仲間一人一人と
戻ってきた幸運を、それぞれの
身分に応じて分かち合いたい。
それまでは、この偶然得た権威のことは忘れよう。〔＊〕
そして、ひなびた祝宴を楽しむことにしよう。〔＊〕
さあ、音楽を！　花嫁、花婿たち、踊ってくれ。〔☆〕
音楽に合わせて、喜び一杯踊りまくれ。〔☆〕

ジェイクィズ　公爵、しばしお待ちを。今の話によれば、
フレデリック公は隠者の暮らしに入り、
華美な宮廷をお捨てになったとか。

ジャック・ドゥ・ボワ　さようです。

ジェイクィズ　私はそこへ参ります。
改心をなさった方からは、多く学ぶことがありますから。

公爵は、以前の栄誉にお戻りください。
あなたの忍耐と美徳にふさわしいお立場です。
〔オーランドーに〕君は、真心が勝ち得た愛を大切に。
〔オリヴァーに〕君は、土地と妻と一族郎党を大切に。
〔シルヴィアスに〕君は、ついに自分のものとした妻を末永く大切に。
〔タッチストーンに〕君がするのは夫婦《ふうふ》喧嘩《げんか》だ。君の愛の船旅には、
二か月分の食料しかない。それでは、お楽しみを、皆さん。〔★〕
踊りに向かぬ私は、致します、退散。〔★〕

公爵兄　待て、ジェイクィズ、待て。

ジェイクィズ　浮かれ騒ぎはまっぴら御免こうむります。〔◇〕
ご用あらば、ご用済みの洞窟《どうくつ》で伺います。※1〔◇〕

ジェイクィズ退場。

公爵兄　音楽だ！　音楽だ！　祝宴を始めよう。〔◆〕
心からの喜びをもってお開きとなるよう。〔◆〕

〔音楽と踊り。〕

ロザリンド以外全員退場。

※1　シェイクスピアの喜劇には『ヴェニスの商人』のシャイロック、『から騒ぎ』のドン・ジョン、『十二夜』のマルヴォーリオなど、大団円から立ち去る人物たちがいる。Killjoyと呼ばれる彼らの存在は、浮かれ騒ぎが一時的なものでしかないことを明確にする。

エピローグ

ロザリンド　女性が締め口上を述べるのは当世の流行《はや》りではありませんが、男性の前口上に見劣りするものではないでしょう。うまい酒に能書きは要らないというのが本当なら、いい芝居に締め口上は要らないはず。ですが、うまい酒には能書きが付きもの。そして、いい芝居もうまい締め口上でよりよくなるものです。となると、私は困った立場にあります。私には上手な締め口上も述べられなければ、面白い芝居を観たと思わせる口のうまさもないのですから。物乞《ものご》いの衣裳《いしょう》をつけていないので、はいつくばるわけにもいきません。私の方法は、魔法をかけること。まずは女性の方から始めましょう。女性たちに命じます。皆さんが男性に抱く愛情にかけて、できるかぎりこの芝居をお気に召してください。そして、男性方。皆さんが女性に抱く愛情にかけて――にやにやしているところを見ると、女性がお嫌いな方はいらっしゃらないようですが――女性のみならず、このお芝居も可愛がってくださいませ。もし僕が女性なら、僕が気に入った髭《ひげ》を生やしている人、気に入った顔の人、息が臭くない人みんなにキスしてまわるところです。そして、よいお髭、よいお顔、きれいな息をした人は、皆さんきっと、私がキスをしてまわらなくても、こうして私が膝《ひざ》を折って女のおじぎをしましたら、拍手をもって送り出して下さることでしょう。

退場。

訳者あとがき

『お気に召すまま』の初版は、一六二三年のシェイクスピア戯曲全集（フォーリオ版）であり、四折り版（クォート版）での出版がなされなかったため、フォーリオ版（F）のみが底本となる。なお、フォーリオ版には幕場割りはあるが、場所の指定はない。

一六〇〇年に書籍出版業組合に出版阻止登録（海賊版が出ることを阻止するために権利者がその出版権を主張する登録）がなされており、一五九八年に出版されたフランシス・ミアズの『知恵の宝庫』にこの劇への言及がないことから、一五九九年頃に書かれた作品と推定される。

三つの円熟喜劇『から騒ぎ』『お気に召すまま』『十二夜』は、この順で連続して書かれたと考えられるが、『から騒ぎ』の道化役ドグベリーは下卑た笑いが得意の道化役者ウィリアム・ケンプに当てて書かれたのに対し、『十二夜』の道化フェステは、ケンプの後継者として一五九九年に宮内大臣一座に入団した道化役者ロバート・アーミンのために書かれたと推察される。『お気に召すまま』の道化タッチストーンを演じたのがケンプなのかアーミンなのかは、わからない。タッチストーンは、道化フェステをはじめ『終わりよければすべてよし』のラヴァッチ、『リア王』の道化などの賢い道化の系譜に連なるところもある一方、フェステや『リア王』の道化と違って歌を歌わないところを見ると、歌の得意でないケンプの役なのかとも思える。

種本・設定

本作の種本は、トマス・ロッジ作の牧歌物語『ロザリンド、ユーフューイーズの黄金遺文』（一五九〇）である。三人兄弟の末子で、オーランドーに相当するロサダーという青年が、国王の催したレスリングで勝利して、前国王の娘ロザリンドから首飾りを贈られるが、長兄の不当な扱いに耐えかねて、老僕アダムとともに森へ逃げるという筋も同じなら、ロザリンドが、男装で正体を隠したまま、恋愛ゲームを行うという筋も同じである。弟を不当に扱ったという前国王から王位を奪った現国王の娘アリンダとともに森へ逃れ、そこで青年ロサダーと再会し、理由で長兄も追放されて森へやってきて、そこでライオンに襲われそうになるところを弟に救われて二人が仲直りするのも同じだ。ただし、長兄は、ロザリンドとアリンダが山賊に襲われたところを助けた縁でアリンダと恋に落ちるというドラマがあったのを、シェイクスピアは二人が見つめ合ったとたんに恋に落ちる筋に変えている。アリンダたちの結婚式の日に、ロザリンドは正体を明かしてロサダーと結婚。原作では前国王のために貴族たちが蜂起《ほうき》して王座を回復するが、シェイクスピアはそこも速い展開にして、突然現国王が悔悛《かいしゅん》して王座を返還するという話に変えている。

シェイクスピアはこの劇をロッジの原作同様フランスに設定しているため、アーデンArdenの森というのは「アルデンヌArdenneの森」のつもりかもしれない。ただし、「アーデンの森」とは、シェイクスピアの故郷ウォリックシャー州にある森でもあり、「アーデン」はシェイクスピアの母方の実家の姓でもあるから、設定されている場所がフランスなのかイギリスなのかはっきりしないという二重性がある。

登場人物の名前でも、ル・ボーというフランス人が登場するかと思いきや、タッチストーン、ウィリアム、オードリーなどどう考えてもイギリスの名前の人たちも出てきて、どの場所に設定されているのかはっきりしない。

なお、シェイクスピアの喜劇の多く――『ヴェローナの二紳士』『じゃじゃ馬馴《な》らし』『まちがいの喜劇』『ヴェニスの商人』『から騒ぎ』――がイタリアに設定されていることを考えると、本作がフランスに設定されているのは特殊である。翻訳にあたっては、フランス色をできるだけ活《い》かすように配慮した。

たとえば、オーランドーやオリヴァーの父親の名前 Sir Roland de Boys は英語発音では「サー・ローランド・ドゥ・ボイズ」となり、コヴェントリーの北にあるウェストン・イン・アーデンに住んでいたドゥ・ボイズ家と関係があるのではないかとする説もあるが、これは「サー・ローラン・ドゥ・ボワ」とフランス語読みをすべきと判断した。当時 y と i は交換可能であり、Sir Roland de bois つまり「森のサー・ローラン」という意味なのであろう。そうなると、最後に登場する次兄の名前もフランス語読みして、「ジャック・ドゥ・ボワ」と読むべきであろう。Jaques はフランス語読みでは「ジャック」なのだから。

ところが、同じ名前を持つ憂鬱《ゆううつ》の士の方は、韻律の関係上、二音節で発音するようにシェイクスピアが指定しているところがある。そこで、こちらはジャックではなく、十九世紀以来イングランドで多く用いられてきた「ジェイクィズ」と訳すことにした。

上演

シェイクスピア自身が老僕アダムを演じたという伝説があるが、シェイクスピアが『ハムレット』の亡霊を演じたという伝説同様、証拠はない。初期の上演記録は残っておらず、一五九九年二月二十日にリッチモンド宮殿にて宮内大臣一座によって初演されたのではないかと推測されるのみである。また、一六〇三年十月から十二月のあいだにペンブルック伯爵の居城であるウィルトン城でジェイムズ一世が滞在した際に国王一座が呼ばれており、一座は十二月二日に報酬三十ポンドを受領した記録がある。このときに『お気に召すまま』が上演されたとする説もある。十八世紀には改作が上演され、一七四〇年にチャールズ・マックリンが原作復活上演を行った際に、トマス・アーンが劇中歌の作曲を担当した。

ロザリンドは、シェイクスピアの創った女性登場人物中、最も台詞《せりふ》量の多い人物である。十八世紀から当時の有名な女優たちが競って演じてきたが、二十世紀以降で例を挙げるなら、ペギー・アシュクロフト（一九五七）、ヴァネッサ・レッドグレイヴ（一九六一）、ヘレン・ミレン（一九七八）、スーザン・フリートウッド（一九八〇）、ジュリエット・スティーヴンソン（一九八五）、ケイティ・スティーヴンズ（二〇〇九）など名だたる女優が演じてきた。

私が観たなかで最も記憶に残っているのは、一九九一年のチーク・バイ・ジャウルによる公演である（デクラン・ドネラン演出、一九九四年再演）。男優のみで演じたこの公演で、ロザリンド役のエイドリアン・レスターはタイム・アウト賞を受賞したが、レスターがエピローグでふっと男に戻ってみせ、それまで観客が夢中で観ていた世界が虚構に過ぎなかったことを暴露してみせた演技は絶妙だった。ちなみにレスターは、二〇〇一年ピーター・ブルック演出の『ハムレット』で主役を務め、二〇一三年にナショナル・シアターでオセローを演じた際には、イアーゴー役のローリー・キニアとともにイヴニング・スタンダード紙優秀男優賞を受賞した男優である。

二〇〇六年のケネス・ブラナー監督の映画版は、日本が舞台になっている。ブライス・ダラス・ハワード主演。エイドリアン・レスターがオリヴァー役で出演している。

作品分析

C・L・バーバーの『シェイクスピアの祝祭喜劇』（一九六三、邦訳一九七九）は、本作品の祝祭性を見事に浮き彫りにしてみせた批評だ。アレグザンダー・レガット著『シェイクスピアの恋愛喜劇』（一九八七）ほか、さまざまな批評があるが、ロザリンドを演じたジュリエット・スティーヴンソンがシーリア役のフィオナ・ショウとともに二人の結びつきについて書いた論考も興味深い（'Celia and Rosalind in *As You Like It*', Russell Jackson and Robert Smallwood eds, *Players of Shakespeare II: Further Essays in Shakespearean Performance*（New York: Cambridge University Press, 1988), pp. 55–71）。

恋愛は古くて新しいテーマだが、この作品は男女の愛のみならず、女同士の愛もしっかりと描いている点を見逃すべきではない。当時はシーツを容易に洗えないといった事情もあって、同性で同衾《どうきん》するということはよくあり、『夏の夜の夢』や『から騒ぎ』でも描かれているように同性間の親密性が文化的に支えられていた。同性間の愛情・友情と異性愛のあいだの対立というテーマは、シェイクスピアは他の作品でも繰り返し取り上げている。

恋愛感情をどのように言葉で表現するかが重要となるため、羊飼いシルヴィアスは実は重要な人物だ。これまではフィービーにいいようにあしらわれる可哀想で情けない男のイメージでとらえられてきたように感じられるが、原文を見るとかなり詩的で、見事な恋愛詩人ぶりである。フィービーは、恋愛感情を詩的に表現するシルヴィアスの才能に明らかに一目置いている。

オーランドーは、ギャニミードがロザリンドだと気づかないのか

『ヴェニスの商人』で自分の最愛の妻ポーシャが男装して裁判官バルサザーとして登場しても夫バッサーニオはそれが妻だと微塵《みじん》も気づかないし、『ヴェローナの二紳士』で小姓に変装したジューリアも、『十二夜』で小姓シザーリオに変装したヴァイオラも、『シンベリン』で小姓フィディーリに変装したイノジェンも、いずれも男装を見破られることはない。エリザベス朝演劇においては、変装して登場した人物が自らその事実を明かさないかぎり変装は見破られないという約束事があったと理解されてきた。だから、たとえば『リア王』において追放されたケント伯爵が変装して王につき従っても、エドガーが乞食《こじき》のトムに変装しても、見破られることはない。こうした約束事があったために、オーランドーはギャニミードという変装を見抜くことはできず、目の前にロザリンドがいるにもかかわらず、しかもその人に「ロザリンド」と呼びかけているにもかかわらず、相手がロザリンドであるとはまったく気がつかないと理解されてきた。だが、この翻訳では、オーランドーはロザリンドと気づくのだと解釈した。以下にその根拠を示していこう。

まず、今述べた約束事は、本作の十年後の一六〇九年頃にはすっかり崩壊しており、シェイ

クスピアがそうした趨勢《すうせい》を先取りした可能性が考えられる。

ジョージ・チャップマンが一六〇九年頃に書いた喜劇『五月祭（May Day）』では、青年ロドヴィーコーがある夜に娘ルクリーシアの部屋に忍びこむと、ルクリーシアに猛然と斬りかかられ、実は娘ルクリーシアは男ルクリーシオだったと判明する。さらに、少年ライオネルに女の子の恰好《かっこう》をさせて、軍人イノセンシオを騙《だま》そうとするくだりがあるが、実はこの少年は本当は女の子だと判明する（しかも前述のルクリーシオの恋人だとわかる）。そして、観客にはこれらの変装を見抜くことが求められるのだ。少年ライオネルについて「いや、まったくきれいな顔をした子だね。女の子の恰好をさせたらぴったりなんじゃないか」（第三幕第三場）と言われるとき、その深い意味に気づいた観客だけがドラマをより深く楽しめることになるのである。

一六一一年頃にジョン・フレッチャーによって書かれた『夜盗あるいは小さな泥棒』（一六三三年ジェイムズ・シャーリーが改訂）では、小さな泥棒こと少年スナップがときどき漏らす独白から、スナップが実は女性であることを観客は見抜かなければならない。同じ作品のなかで、強欲な判事との結婚を嫌がって逃げだした娘マライアがウェールズ娘に変装して実家に帰ってくると、母親から「こんなふうに汚い恰好をして、声を変えたからって、お母さんの目をごまかせるとでも思っているのかい、マライア？」と言われて、変装はすぐにばれてしまう。フレッチャーの『忠実な家臣』（一六一八）では、侍女アリンダが異様なまでの武勇を示して、「今に私の真価（truth）がわかる」（第一幕第四場）と言うので、「真価（truth）」とは、実は彼女が男なのだろうと観客は気づかねばならない。

一六〇九年には観客が変装を見抜く力が試される芝居があと二本書かれている。ジョン・フレッチャーとフランシス・ボーモントが共同執筆した悲劇『フィラスター、あるいは愛は血を流して横たわる』では、ユーフレイジアという女性が、愛する王子フィラスターを救うために男装してベラーリオと名乗る。ところがこの事実が明かされるのは最終場面になってからだ。同様に、ベン・ジョンソンの喜劇『エピシーンあるいは無口な女』では、おしゃべりが大嫌いな男が無口な女と結婚してみたら、実は女は大変なおしゃべりだったという展開の末に、最後にその女は少年だったことが明かされる。観客も一緒になってこの女装に騙されることとなるが、変装をするときには必ず観客にそのことを伝えるという昔の約束事がすっかりなくなってしまっていることが確認できる。

シェイクスピアの時代、女性の役は少年俳優が演じていたわけだが、ジャコビアン演劇では舞台上に女装の少年俳優が登場したとき、それが女役なのか、それとも女装の男役なのか、観客がよくよく気をつけて判断しないといけなくなってきたのだ。前記の『フィラスター』の男装のベラーリオについて、シェイクスピア学者M・C・ブラッドブルックは、「ベラーリオの本当の性別は最後になるまで明かされないものの、この頃はもう、舞台上に小姓が登場したら男装の女かもしれないという時代になっていた」と指摘している（'Shakespeare and the Use of Disguise in Elizabethan Drama,' *Essays in Criticism* 2 (1952): 159-168）。

女装の男として登場しておいて実は本当は女でしたというパターンは、トマス・ヘイウッドの『ロンドンの四徒弟』（一五九四）から始まり、ウォルター・ホークスワースのラテン語劇『迷宮』（一六〇三）、ヘイウッドの『ホグズドンの賢い女』（一六〇四）、ジョンソンの『新しい宿』（一六二九）などで使われている。トマス・ミドルトンの『寡婦』（一六一六頃）では、判事の妻フィリッパがたまたま知り合った男性アンサルドに女装させたところ、自分の愛人フランシスコがその「女」に惚《ほ》れてしまうのを大いに興ずるのだが、実はアンサルドと名乗っていたのは娘であって、フランシスコはその娘と結婚してしまう。

　舞台上の少年俳優は男性であっても、男性でも女性でも演技によって自由に表し得るというエリザベス朝演劇の伝統のなかで、ジェンダー表象を自在に転換させる遊びが生じたと言えるだろう。

　フレッチャーがネイサン・フィールドとフィリップ・マッシンジャーとともに執筆した『正直者の運命』（一六一三）では、少年ベラムールがその主人を熱愛しているように見えるので、男装の女ではないかと疑われる。登場人物の一人、伊達男《だておとこ》ラヴァダインは、「この子は女の子なんじゃないか？　え、君、女の子だろ。こっちへおいで。触らせておくれ」（第四幕第一場）と言い、少年はふざけて、「あなたが相手では、秘密を隠しておけませんね。はい、実は私は女なんです。あなたをお慕い申し上げておりました」と答え、最終幕にラヴァダインの花嫁として女の恰好をして登場して、本当は少年が男であることを知っている他の登場人物たちを大いに楽しませることになる。どうして今まで男の恰好をしていたのかと問われて、「花嫁」は「お芝居の真似をしたんです」と答える。

　かつて、一五八〇年代の芝居においては、たとえばジョン・リリー作の喜劇『ガラテア』では、男装の少女を見た人物が「美しい男の子だなあ、女の子みたいだ」（第二幕第一場）と言うとき、それは男装の事実を知っている観客を楽しませる劇的皮肉でしかないが、のちの時代になるともっと複雑なことになってくるというわけである。

男装に対するこうした変化は、当時の演劇で男装が大いに用いられたのみならず、現実においても男装が用いられていたことも影響しているかもしれない。一六〇五年にアン王妃の侍女エリザベス・サザウェルは愛人サー・ロバート・ダドリーと駆け落ちするときに男装したし、一六一一年には国王ジェイムズ一世の従妹《いとこ》のレイディ・アーベラ・ステュアートが愛人ウィリアム・シーモアと駆け落ちする際にも男装した。

そして、舞台上でそうした趣向が大いにもてはやされた結果、前述のチャップマンの『五月祭』では、こんな台詞《せりふ》さえ飛び出してくる。

帽子だのマントだのを替えて、お決まりの逃げの手を打つと、父親は自分の子供だとわからなくなり、妻は夫だとわからなくなるというが、実際はそんなことがあるはずない。たとえ道化服を着こもうが、ヴィオルのケースや旅行鞄《りょこうかばん》に顎《あご》まで隠れようが、顔が見えていたら、こいつはロレンゾーさんだとわかる。だから、顔もほかと同様にすっかり替えるのでなければ、いくら変装したって意味ないよ。（第二幕第四場一五〇～八行）

顔を隠さないといけないという意識は、少なくとも『冬物語』（一六一〇～一一）の時点でシェイクスピアにもあった。パーディタに変装させるカミローは、こう指示するのだ。「あなたの恋人の帽子をお取りなさい。そして目深にかぶって、顔を隠すのです」（第四幕第四場）。『コリオレイナス』第四幕第五場（一六〇八）でも、敵のオーフィディアスに会いに敵陣に入り込むコリオレイナスは顔を隠して行く（ただし、顔をあらわにしてもオーフィディアスにはコリオレイナスとわからないという展開になっている)。
フレッチャーの『巡礼』(一六二二)では、ヒロインのアリンダが顔に布当てをつけて、ひどい日焼けをしたかのように顔を黒く塗って少年に変装するが、知り合いと出会うと見つかってはいけないと思って必死に相手に顔が見えないように苦心する。急に背中が痛みだしたというふりをして、顔を背けるのである。

セベルト　顔をあげなさい。元気を出して。
アリンダ　背中が、背中が、背中が! 　できません。

(第三幕第三場四〇~一行)

さて、『お気に召すまま』ではどうなのか。変装が見破られる可能性を、『冬物語』より十年も前の作品においてシェイクスピアは考えていたのかどうか。

エリザベス朝演劇の新しい傾向に従うなら、オーランドーは森のなかでギャニミードに変装したロザリンドに出会うとき、その顔をしっかり見るのだから、何かしら気づくはずということになる。そのときオーランドーは何を思ったのか。この点については、第五幕第四場で、オーランドー自身が公爵に対して「最初にあの子と出会ったとき、お嬢様の兄弟ではないかと思った」と発言していることが参考になる。オーランドーは、ギャニミードの顔がロザリンドとそっくりであることに気がついているのである。

第三幕第二場で森のなかでギャニミードと出会ったとき、オーランドーが何を言っているか確認しよう。時の歩みの話を聞いたあと、オーランドーは、「可愛い人だね（pretty youth)。どこに住んでるの？」「この土地の生まれかい？」「君の言葉遣いは、こんな田舎暮らしでは身につかない洗練されたものだ」と突っ込んでいる。なにしろ愛するロザリンドと同じ顔をしているのだから、このギャニミードには何かあると考えるのは当然だろう。こういう質問がここで出てくるということは、その前の時の歩みの話のあいだ、オーランドーはじっとギャニミードの顔を食い入るように見つめて探りを入れようとするのではないだろうか。そしてギャニミードが止まらない勢いで時の歩みの話をするのも、そんな視線を感じてなんとかごまかそうと慌てているためなのではないだろうか。

そして、「美しい人（Fair youth)。僕が愛していることをぜひとも君に信じてほしい」とオーランドーが言うとき、ロザリンドは自分の変装がばれてしまったのではないかと大いに冷や汗をかくと考えられる。この時点でオーランドーがどこまで気づくのかはわからない。だが、彼はギャニミードという男装の向こうにロザリンドに通じる何かを感じているはずだ。さもないと彼がギャニミードの提案した恋愛ゲームに応じる理由がわからない。オーランドーは最初、ギャニミードの申し出を否定しておきながら、たった一行で態度を豹変《ひょうへん》させるのである。

オーランドー　治してほしいとは思わない。
ロザリンド　治してあげたい。僕をロザリンドと呼んで、毎日僕の小屋へ来て口説いてほしい。
オーランドー　そうしよう、わが恋の真実にかけて。どこへ行けばいいんだい。

ロザリンドと呼んで口説いてほしいというその声のなかに、オーランドーはロザリンドの恋心を聞きとったのではないだろうか。

このあとの恋愛ゲームでは、ロザリンドは自分の変装がばれるのではないかとひやひやしながらも、「ロザリンド」を演じるというゲームにことよせて自分の気持ちを出していくことになる。となれば、オーランドーにしてみても、その演じられているとされている「ロザリンド」のなかに本当のロザリンドがいることに気づくだろう。あくまでゲームという前提に守られながら――シーリアが最初に言っていたように、「恋のゲームをしましょ。でも男の人に本気で恋しちゃだめよ。遊びのつもりでも深みにはまっちゃだめ。頰をぽっと染めて、何一つ傷つかずに戻ってこられなきゃ」という安全なガードを作りながら――二人は恋愛を楽しむのだ。

第五幕第二場でオーランドーが「もう想像だけでは生きていけない」と言うとき、彼は相手がロザリンドだとわかっていて、ゲームではなく本気で心を通わせたいと言うのだと解釈したい。この時点ではギャニミードはロザリンドだとわかったうえでゲームをしているのだろう。そうでないと、この直後に次のような台詞が続く理由がわからない。

オーランドー　もしそうなら、どうして君に恋しちゃいけないの？
ロザリンド　「君に恋しちゃ」って誰に言ってるの？
オーランドー　ここにはいない人、聞いてもいない人に。

オーランドーは、ついロザリンドに向かって、ゲームではなくて本気で恋をしたいと言ってしまうのだ。しかし、ゲーム中であることを思い出して「ここにはいない人、聞いてもいない人」とごまかすのだ。

最終場で、公爵兄がどきりとする台詞を言う。

公爵兄　あの羊飼いの少年は、どうも

娘にそっくりの顔立ちをしているように思えてならん。

すると、もうギャニミードはロザリンドであるとわかっているオーランドーは、あえて自分が守ってきたゲームのルールを公爵兄に教えるのだ。

しかし、閣下、あの少年は森に生まれ、

伯父《おじ》からさまざまな学問の基礎を

学んだそうです。その伯父というのが

偉大な魔法使いで、この森のどこかに

ひっそりと暮らしているそうなのです。

ここはオーランドーが観客に対して目配せをするところかもしれない。そうすれば観客と一緒になってオーランドーもゲームを楽しんでいたことがわかる。

もしオーランドーが森のなかでロザリンドと一緒にいながら、少しもロザリンドを感じ取る

ことができないような鈍感な男なら、恋する資格はないと言うべきではないか。

この新訳は、Kawai Project vol. 5 公演（二〇一八年九月六日〜九日シアタートラム、九月十三日〜十七日彩の国さいたま芸術劇場小ホール）のために訳したものである。キャスト・スタッフは以下のとおり。

【キャスト】ロザリンド＝太田緑《おおたみどり》ロランス、オーランドー＝玉置玲央《たまおきれお》、シーリア／小姓＝山﨑薫、公爵兄／フレデリック公爵＝鳥山昌克《まさかつ》、タッチストーン／ジェイクィズ＝采澤靖起《うねざわやすゆき》、アダム／コリン／婚姻の神＝小田豊、オリヴァー＝玲央《れお》バルトナー、シルヴィアス／ル・ボー／貴族＝遠山悠介、フィービー＝荒巻まりの、オードリー＝岸田茜、ジャック・ドゥ・ボワ／デニス／ウィリアム／貴族＝峰﨑亮介、チャールズ／サー・オリヴァー・マーテクスト／貴族＝三原玄也、エイミアンズ＝Luther ヒロシ市村、楽士＝川上由美（シアタートラム）、後藤浩明（彩の国さいたま芸術劇場小ホール）

【スタッフ】美術・衣裳＝小池れい、照明＝阿部康子、音楽＝後藤浩明、音響＝星野大輔（サウンドウィーズ）、衣裳＝多部直美、ヘアメイク＝片山昌子、演出助手＝小比類巻諒介《こひるいまきりょうすけ》／山田健人、舞台監督＝村田明、小道具＝高庄優子《たかしょうゆうこ》、演出部＝川澄透子／梶原航、制作＝加藤恵梨花、票券＝水流《つる》あかね、宣伝美術＝荒巻まりの、翻訳・演出＝河合祥一郎

二〇一八年六月

河合　祥一郎

新訳《しんやく》 お気《き》に召《め》すまま

シェイクスピア　河合《かわい》祥一郎《しよういちろう》＝訳

平成30年 8月25日　初版発行
令和6年 10月10日　4版発行

発行者●山下直久

発行●株式会社KADOKAWA
〒102-8177　東京都千代田区富士見2-13-3
電話　0570-002-301（ナビダイヤル）

角川文庫 21126

印刷所●株式会社KADOKAWA
製本所●株式会社KADOKAWA

表紙画●和田三造

●お問い合わせ
https://www.kadokawa.co.jp/（「お問い合わせ」へお進みください）
※内容によっては、お答えできない場合があります。
※サポートは日本国内のみとさせていただきます。
※Japanese text only

ISBN978-4-04-107187-8　C0197

角川文庫発刊に際して

角川源義

第二次世界大戦の敗北は、軍事力の敗北であった以上に、私たちの若い文化力の敗退であった。私たちの文化が戦争に対して如何に無力であり、単なるあだ花に過ぎなかったかを、私たちは身を以て体験し痛感した。西洋近代文化の摂取にとって、明治以後八十年の歳月は決して短かすぎたとは言えない。にもかかわらず、近代文化の伝統を確立し、自由な批判と柔軟な良識に富む文化層として自らを形成することに私たちは失敗して来た。そしてこれは、各層への文化の普及滲透を任務とする出版人の責任でもあった。

一九四五年以来、私たちは再び振出しに戻り、第一歩から踏み出すことを余儀なくされた。これは大きな不幸ではあるが、反面、これまでの混沌・未熟・歪曲の中にあった我が国の文化に秩序と確たる基礎を齎らすためには絶好の機会でもある。角川書店は、このような祖国の文化的危機にあたり、微力をも顧みず再建の礎石たるべき抱負と決意とをもって出発したが、ここに創立以来の念願を果すべく角川文庫を発刊する。これまで刊行されたあらゆる全集叢書文庫類の長所と短所とを検討し、古今東西の不朽の典籍を、良心的編集のもとに、廉価に、そして書架にふさわしい美本として、多くのひとびとに提供しようとする。しかし私たちは徒らに百科全書的な知識のジレッタントを作ることを目的とせず、あくまで祖国の文化に秩序と再建への道を示し、この文庫を角川書店の栄ある事業として、今後永久に継続発展せしめ、学芸と教養との殿堂として大成せんことを期したい。多くの読書子の愛情ある忠言と支持とによって、この希望と抱負とを完遂せしめられんことを願う。

一九四九年五月三日